JE REVIENS DE LOIN

Je reviens de loin

La vie de Madeleine Dumazel-Guetté
par
Catherine Bergeron-Patoux

Édition : BoD – Books on Demand
12/14 rond-point des Champs-Élysées, 75008 Paris
Impression : Books on Demand GmbH, Norderstedt, Allemagne
ISBN : 978-2-3221-9322-6
Dépôt légal : février 2020

L'éducation est l'arme la plus puissante pour changer le monde

Nelson Mandela

Madeleine existe, nous nous sommes rencontrées.

Belle femme droite et énergique, Madeleine m'ouvre la porte. Ses yeux bleus qui ne portent pas de lunettes me scrutent puis m'accueillent.

« Entrez Catherine, venez, la porte est ouverte, vous êtes la bienvenue. Regardez mes fleurs comme elles sont belles. Je les ai mises là sur la table parce qu'aujourd'hui est un jour spécial, on est le 7 mai et c'est l'anniversaire de ma fille Annie. Je ne peux pas le lui souhaiter, alors je lui ai sorti les fleurs. Et voyez mon jardin, un ami a tondu la pelouse, comme c'est beau, et mon chat qui ronronne, voyez comme il est bien. Et vous, comment allez vous ? Et comment va votre fille ? »

Tout en parlant, Madeleine me fait entrer dans son séjour, me guide avec le bras et me fait asseoir. Sur la table trône *L'Angérien*, le journal hebdomadaire régional que Madeleine reçoit tous les jeudis par la poste. Elle le dévore du début jusque la fin, ne voulant pas louper une miette de la vie locale. Madeleine ne rate jamais un concert d'accordéon ni un thé dansant, un repas des aînés ni celui des déportés. Madeleine sait tout ce qui se passe dans le quartier et suit aussi les actualités aux informations, les spectacles musicaux et dansants. Madeleine adore danser, au point de se déclarer prête à s'inscrire à *Danse avec les Stars* !

Madeleine s'effondre lorsque Simone Veil disparaît ou que des terroristes attaquent froidement des gens qui n'ont rien fait à personne. Madeleine s'insurge, se révolte et ne pardonne pas si vite aux bourreaux. Madeleine a vu et vécu beaucoup de choses depuis qu'elle est au monde. C'est sans doute pour ça que Madeleine est pleine de vie. De mémoire, je n'ai pas connu de personne aussi heureuse de vivre à quatre-vingt-quatorze ans.

Madeleine et moi nous connaissons depuis peu, enfin depuis quatre ans quand même. Mon mari et moi venions d'acheter la maison voisine de la sienne, celle où Madeleine est née et où a vécu toute sa famille avant de nous la vendre. Le jour de notre rencontre est mémorable. Nous avions entrepris de faire un feu dans le jardin, dégageant quelque fumée, et nous voilà tout à coup surpris par un claquement sec et suffisamment sonore de portes et fenêtres, nous signifiant bien que la voisine n'appréciait pas. Tandis que mon mari tente de réduire le feu, Madeleine sort précipitamment de sa maison. Elle s'approche de notre jardin, nous explique qu'elle est désolée, qu'elle a un souci avec la fumée, qu'elle ne supporte plus les odeurs de feux depuis les camps en Allemagne et qu'il faut la comprendre.

Quelques jours plus tard, toujours par-dessus le grillage de séparation de nos jardins, Madeleine entreprend de nous décrire un autre épisode de sa vie de déportée. C'est difficile à entendre. Et puis viendront d'autres épisodes encore, les autres jours de rencontre au jardin. Jusqu'à cette demande implicite de Madeleine qui me dit : « *Catherine, il paraît qu'on peut retrouver des gens avec internet ?* » Certainement, Madeleine, on peut faire beaucoup de choses avec internet. Qui cherchez-vous Madeleine ? « *J'aimerais tant retrouver ma copine de camp, Georgette de Saint Malo. Nous étions comme deux sœurs et nous nous sommes soutenues tout le temps de notre déportation.* »

Nous cherchons. Ce n'est pas si simple de retrouver la trace de Georgette. Il faut commencer par reconstituer le parcours de Madeleine. À raison d'une rencontre par semaine et de nombreux enregistrements, Madeleine me raconte des morceaux de sa vie. Pendant trois ans, je marcherai dans ses pas et ceux de Georgette. Je trouverai quelques réponses auprès des organismes et des ministères mais je ne retrouverai pas Georgette. D'ailleurs, on n'en parle plus tellement. L'amie presque sœur restera celle qui a permis de résister le temps des camps et de revenir, et enfin celle qui aura permis de faire remonter le passé. Car finalement, l'objectif de Madeleine s'est peu à peu transformé. Ne voulant pas laisser ce témoignage dans l'oubli, je propose à Madeleine de lui faire un album photo numérique intégrant son témoignage afin de partager son histoire avec ses proches, sa fille et ses petites filles et ses arrière-petits-enfants du Canada. Mais c'est non. Madeleine sait ce qu'elle veut. Elle aimerait que je fasse un vrai livre que tout le monde pourrait lire : pas seulement sa famille, proche ou lointaine, mais aussi les amis de son village ou d'ailleurs. Madeleine veut partager son histoire avec le monde, que tout ce monde sache ce qui s'est passé, ce qu'elle a vu et vécu, pour qu'on ne laisse pas les choses se reproduire. « *Autrefois, personne ne m'aurait crue, je n'ai pas trop raconté. On m'aurait prise pour une folle. Aujourd'hui, tout le monde a vu des photos et des reportages, on va me croire. Même ceux qui préféreraient ne pas savoir.* »

Madeleine tape de temps en temps à ma porte, m'apporte un dessert, une salade de fruits ou cherche son chat.

Madeleine entre chez moi, dans la maison de son enfance, me montre où était sa chambre autrefois, son lit, me parle de la fête où il y avait de l'accordéon et me raconte toute sa vie pour l'écrire. *« Asseyez-vous, Catherine, allez-vous reprendre vos écritures ? Que voulez vous que je vous dise aujourd'hui ? »* Madeleine me presse et se presse de tout dire. Son discours n'est pas facile, ayant fait tant d'efforts pour oublier, elle garde en tête des flashes et des lambeaux de scènes qui lui sont encore insupportables. Il y a des creux et des bosses dans cette histoire décousue : des choses dont elle se souvient douloureusement et d'autres qu'elle préfère oublier.

« Tout ce que je vous dis est vrai, Catherine, je n'ai plus rien à cacher à personne ».

Chapitre 1

Je suis née là, dans cette maison où vous habitez aujourd'hui, Catherine ! C'était ma chambre ici, il y avait autrefois deux lits doubles et, mis bout à bout, on y dormait à six dans le sens de la largeur car on était nombreux.

Mon nom de naissance est Guetté, Madeleine, Geneviève, Gisèle et je suis venue au monde le 8 avril 1925. J'étais la sixième d'une famille de dix enfants. Maman s'appelait Sidonie David, mon père Benjamin Guetté et ensemble ils ont eu huit enfants : Christiane, Emilienne, Benjamin, Madeleine, Annette, Gabriel, Angèle et Lucette, qui portent tous le nom de mon père Guetté. Maman avait d'abord eu Julia et René qui, eux, portent le nom de David car ils sont nés avant que Maman n'ait rencontré mon père. La famille c'était aussi mes grands-parents, les parents de maman qui habitaient juste à côté. C'est leur maison que j'ai ensuite rachetée et dans laquelle je vis depuis que je suis en retraite. Je portais le nom de Denise et, à la maison, on m'appelait Nizou, le diminutif de Denise. Ma marraine Denise est décédée très jeune, à l'âge de vingt huit ans, alors on m'a donné son nom mais moi je ne l'ai jamais connue. Je n'ai jamais su non plus qui aurait dû être mon parrain. Peut être que ce n'était pas prévu. Mais ça ne m'a pas manqué. Je suis une belle plante qui a pris racine il y a longtemps et qui est toujours vivante ! Je n'ai pas eu la vie de tout le monde, non. J'ai aujourd'hui quatre-vingt-quatorze ans et je compte bien fêter mes quatre-vingt-quinze printemps.

Il y avait de l'ambiance à la maison et surtout on s'aimait

entre nous. Ah oui, oh la la ! Mon enfance a été très gaie, sauf que l'enfance chez nous était de courte durée. Car, aussitôt qu'on avait neuf ans, hop, on partait travailler chez les autres et alors on a été très vite tous séparés ! Dès qu'un enfant pouvait faire quelque chose, il devait aider car il n'y avait pas beaucoup d'argent à la maison. Nos parents étaient ce qu'on appelle des journaliers. Maman était lavandière ; elle allait chercher le linge dans les maisons qui le lui confiaient. Mon père travaillait comme scieur de long dans une scierie à Aulnay. Deux revenus qui suffisaient à peine pour nourrir tout ce monde. Maman partait donc tôt le matin avec une brouette et des paniers et allait frotter le linge à la fontaine au bout de la rue. Nous, les filles, si nous étions libres, nous l'aidions en allant chercher le linge chez les personnes et le ramenions quand il était propre et sec. Parfois nous l'accompagnions chez les gens, ça dépendait des familles qu'il fallait visiter. Souvent, nous recevions des petits cadeaux : pommes, poires, bonbons, ou légumes pour Maman. Quant à mon père, il partait tôt le matin et rentrait le soir, il emmenait avec lui de quoi manger le midi. Lorsque j'ai eu mes neuf ans, j'ai donc été placée dans une famille de Mazeray, à dix kilomètres de chez nous. C'était suffisamment loin pour que je sois obligée de quitter la maison et de loger chez les gens car je n'avais pas de vélo pour aller travailler. Je couchais donc chez ma patronne, Raymonde. Je devais donner à manger aux poules, aux quinze vaches, aux canards, racler la bouse, la mettre en brouette et déposer le tout sur le tas de fumier avec la pelle. C'était dur mais il fallait le faire, c'était comme ça. Je pleurais souvent car je m'ennuyais bien de ma famille. Alors les patrons m'ont accordé le droit de dormir avec les chiens. Je logeais dans la chambre au dessus de la pièce en compagnie de la chienne de la maison, Moutonne. Moutonne était heureuse de la cohabitation et moi aussi : elle frétillait de la queue au moment de se coucher et de monter. On se tenait chaud et moi je me sentais rassurée et bien logée. J'étais aussi bien nourrie et en plus très gâtée chez Raymonde. Un jour elle m'a offert de très beaux vêtements : une magnifique robe blanche en piqué de coton avec de jolis rubans de couleur bleue et les chaussettes blanches ainsi que les sandales qui allaient avec. C'était pour moi une robe de princesse, je me sentais la plus belle du village. Mais voilà, tout a une fin : Raymonde attendait un bébé et c'est pour ça qu'elle m'avait prise à ses côtés. Je suis donc restée chez elle juste le temps de sa grossesse. Après la naissance, Raymonde et son mari ont déménagé et sont partis vivre à Moulinveau. Moi, je suis rentrée chez mes parents à Landes, j'avais tout juste dix ans. Je suis donc revenue m'occuper des vaches de la maison et de mes frères et sœurs qui étaient petits. J'ai changé Lucette ma petite sœur autant que ma propre fille plus tard. Aujourd'hui Lucette, qui vit toujours, me rappelle souvent que j'ai vu ses fesses bien plus d'une fois ! J'étais petite mais je n'ai que de bons souvenirs de cette période.

Nous, les enfants Guetté, allions très peu à l'école, environ un mois à un mois et demi dans l'hiver, lorsqu'il n'y avait plus trop de travail pour nous à l'extérieur. Le reste du temps, il fallait garder les vaches ou travailler aux champs chez les autres. C'était comme ça à l'époque dans ma famille. Certains ont quand même réussi à apprendre à lire et à compter, ça suffisait pour ce qu'on avait à faire, nous disaient nos parents. Seule l'une de mes sœurs, Christiane, a eu son certificat d'études. Elle devait sans doute être plus douée que nous, je ne vois pas d'autre raison. Les autres enfants, il nous fallait aller travailler. Mon problème était que lorsque j'avais le droit d'aller à l'école, au milieu de l'hiver, les autres écoliers avaient déjà bien avancé dans le programme. Quand j'arrivais, je ne pouvais pas suivre car je cumulais beaucoup de retard. Alors, l'institutrice Madame M. me mettait soit au coin, soit sous son bureau, pour me punir de n'avoir rien appris. Je n'ai pas mieux appris sous son bureau et je n'ai pas appris à aimer l'école. J'ai passé bien des heures au niveau des pieds de la maîtresse, à regarder ses souliers bouger, à sortir de mon horizon et y revenir. Elle remplissait le tableau, la craie crissait, elle donnait ses ordres aux élèves et s'asseyait, parfois, le temps d'un devoir. Je pouvais imaginer ce qu'elle écrivait, le nom des fleuves ou des départements, mais je n'ai rien vu. J'ai toujours en mémoire l'odeur de ses bas, mêlée à celle de la poussière du plancher. J'étais déjà une enfant différente parmi les autres : je suis restée celle qui n'apprenait rien et qui n'apprendrait jamais rien. Je n'ai appris ni à m'exprimer ni à réfléchir avant d'agir. Je n'avais ni vocabulaire, ni capacité de calcul ou de lecture, aucune idée de la géographie, même celle de la région, ni même de l'histoire, que ce soit celle de mes grands-parents ou la grande Histoire de France. Je suis tombée de haut quand j'ai eu besoin de me débrouiller dans un monde où tout est écrit. Pouvoir lire le journal ou écrire une lettre m'aurait tellement changé la vie. Quand on ne sait pas lire, on est comme handicapé, je m'en rendrai compte plus tard. Je devenais une fille dépendante des autres mais je ne le savais pas.

À la maison non plus nous n'apprenions pas beaucoup de

choses, mis à part le travail. Nos parents nous aimaient, bien sûr, mais ils travaillaient toute la journée et ne nous parlaient pas beaucoup en rentrant. On n'avait pas tellement d'explications sur la vie, ni sur rien d'ailleurs. À table, nous étions nombreux et le ton montait rapidement. Les parents se parlaient bien entre eux, mais nous, les enfants, on n'avait pas le droit de s'exprimer. De temps en temps il fallait quand même leur raconter les tâches qu'on avait effectuées chez les autres. Gare à nous si quelqu'un du village se plaignait de notre travail. Il fallait dire si on avait gagné notre journée, comment on s'était débrouillé et si on avait contenté notre employeur. Par exemple, les parents ne nous ont rien expliqué de la guerre qui arrivait en 1939. Je l'ai su par les gens du village qui en parlaient entre eux et aussi par les autres enfants que je voyais dans la rue. Moi, je n'en savais rien et je n'en pensais rien ; je ne comprenais pas du tout ce qui se passait et je ne me risquais pas à en parler. Après, quand les Allemands ont été là, les parents nous ont raconté des choses pour nous alerter. Ils nous ont dit que les Allemands violaient et tuaient et qu'il fallait absolument les éviter. Mais on ne nous disait rien d'autre, il fallait juste faire avec cette présence partout, sans se faire remarquer.

Quand les Allemands sont arrivés au village, ils étaient très polis avec tout le monde et même parfois gentils, en nous donnant un bonbon ou un chocolat. On travaillait tous toute la journée et on revenait le soir, parfois tard, à la maison. Il nous fallait faire attention car on savait que les Allemands étaient partout et nous gardions nos distances. Ils avaient envahi le village et beaucoup de maisons et de quartiers : ils étaient dans les champs, au château chez les B., et aussi chez nos grands-parents, juste à côté ! Maman, qui avait pourtant dix enfants à loger, a dû leur donner la maison des grands-parents qui avait été réquisitionnée. Chez nous aussi, à la maison, il y avait leurs camions, leurs voitures et leurs chevaux sous le hangar et dans la cour. Nous devions aussi nous occuper de nos vaches qui étaient à côté de leurs chevaux. Je ne savais pas ce qu'ils voulaient exactement. Ils étaient plutôt respectueux avec nous et nous parlaient de temps en temps. Mais quand j'ai dû aller seule travailler et circuler dans les rues du village, j'avais déjà très peur d'eux. Parfois, je me souviens de tout ça et je me dis que je vis aujourd'hui dans la maison de mes grands parents, là où ont vécu des Allemands. Plus tard, pendant l'automne 1942, il a fallu que j'aille travailler chez eux pour de bon.

Chapitre 2

Car le 7 mai 1940, ma vie a complètement changé. Mon enfance était bel et bien finie.

Ma fille Annie est née le 7 mai 1940, j'avais tout juste quinze ans. Avec ma fille on a quinze ans, un mois et un jour d'écart. Je me sentais encore une enfant et je me suis retrouvée à élever un enfant. Comment vous dire ? Ça s'est passé tout simplement. J'allais aux champs, sur le petit chemin et les haies se touchaient tellement qu'il y avait de la peine à passer dessous ; il me fallait marcher courbée. Maman m'avait donné des torchons à repriser tout en surveillant les vaches au pré. J'allais donc en passant par les champs du bas, avec mon chien. À un moment, j'ai entendu du bruit derrière moi, j'ai eu peur. Le chien s'est mis à aboyer. Quelqu'un s'approchait et déjà me rattrapait. Ce n'était heureusement que V., mon copain que j'aimais bien, mon seul copain d'école, même si je ne le voyais pas souvent. Il s'est assis à côté de moi, m'a faire rire puis a commencé à m'embêter et m'embrasser... Et d'un seul coup ça s'est passé, malgré moi, comme ça. J'avais quatorze ans et j'étais dans le sang.

Je suis revenue du champ et ça coulait de partout. Papa est passé à ce moment là sur la route et m'a demandé ce qui me mettait dans cet état. J'ai eu l'idée de lui dire que c'était mes règles qui étaient venues. Il me dit de rentrer tout de suite à la maison et de voir ça avec ma mère. Maman a bien sûr tout de suite remarqué ma drôle de tête. Je lui ai donné la même explication qu'à mon père et elle m'a mise au lit avec des bouillottes et des tisanes. Je ne voulais rien raconter à personne car j'avais peur de me faire attraper. Plus tard, c'est mon père qui a vu que je devenais grosse et qui a tout de suite compris. Quand mes deux parents ont réalisé, ils m'ont gardée à la maison. J'ai senti que j'avais passé la ligne du supportable pour eux. C'était une grande honte pour toute la famille. Je devais me faufiler pour aller dans les champs : il ne fallait pas que ça se voie.

Mais ça s'est vu, bien sûr. Tout le monde était au courant, sauf V. Lui n'était pas au courant parce que je n'avais plus le droit de parler aux voisins d'en face ni même de sortir. Une seule fois je l'ai revu, alors que j'étais déjà bien ronde. Il est passé en vélo et m'a longtemps regardée dans les yeux mais on ne s'est pas parlé. Une de mes sœurs était à mes côtés et savait qu'il était le père, je le lui avais raconté. Elle m'a soutenu qu'il ne ferait pas un geste pour moi et m'a empêchée d'aller vers lui. J'aurais pourtant tellement voulu qu'on régularise. J'aurais pu me marier car j'avais une attirance réelle pour lui. De ne rien avoir osé lui dire m'a fait du mal pour toute ma vie. J'ai cru ma sœur et je n'ai rien tenté. Et après, c'était trop tard. J'ai toujours su que j'avais fait une bêtise en l'écoutant et je l'ai toujours regretté. Je n'avais rien dit à mes parents : ils ne savaient toujours pas qui était le père de ma fille. Des gens du village m'ont dit, bien plus tard, que V. avait été frappé de me revoir ce jour-là. Sa sœur, qui avait entendu les rumeurs au village, lui avait raconté ce qui se disait. Il savait donc qu'il était le père de mon enfant.

J'ai accouché à la maternité de St Jean le 7 mai 1940.

Tous les matins, vers cinq heures, Papa m'amenait le café avant de partir travailler et me disait « allez Nizou, lève toi, c'est l'heure, bois ton café ! ». Moi, ce jour-là, j'avais très mal au ventre, mais il fallait me lever et traire les vaches. Et tout en trayant les vaches, j'ai perdu les eaux. Maman ne m'avait pas initiée du tout. Je lui ai dit « Maman, je fais pipi partout et j'ai mal au ventre ». Elle a bien sûr tout de suite compris et appelé le bourrelier qui tenait la boucherie. Elle lui a expliqué brièvement la situation et c'est lui qui m'a emmenée à la maternité. Ce Monsieur était très aimable et me demandait « ça va, la drôlesse ? ». Moi, je me tortillais dans sa voiture sans pouvoir lui répondre. Mais je me souviens encore aujourd'hui de sa gentillesse.

On est arrivés à la maternité. Le temps que je descende de la voiture et hop ils me déshabillent et hop sur la table et hop les pattes en l'air… Je croyais encore que le bébé allait sortir par le nombril, je ne savais rien, rien de rien ! Ça j'en veux quand même à ma mère, qui avait eu dix enfants : elle aurait pu m'expliquer un peu ce qui allait m'arriver ! Et j'étais toute seule pour accoucher. L'accouchement a été très difficile : ma fille pesait quatre kilos et cinq cent grammes. C'était un gros bébé pour une fille de mon âge, surtout que j'avais travaillé jusqu'au dernier moment. C'était une très belle petite et je lui ai donné un prénom tout doux, Annie. Le lendemain, ma grande sœur Emilienne est venue pour enregistrer la naissance car les parents n'étaient toujours pas venus me voir. J'étais vraiment seule pour la première fois de ma vie. Heureusement les hormones avaient fait leur travail, je nourrissais ma petite et j'avais du lait. D'ailleurs, le jour suivant, une des sœurs de la maternité m'a demandé de nourrir un petit garçon que sa maman avait abandonné à la naissance. Comme j'avais beaucoup de lait, j'ai bien sûr accepté et ça se passait bien. Chacun de mes deux enfants tétait son sein. On aurait dit qu'ils savaient lequel était le leur. J'étais contente de rendre ce service et de sauver peut-être un petit garçon. Et les sœurs m'en étaient reconnaissantes, ce qui a rendu mon séjour plus agréable. Un autre jour, une nièce est venue me prévenir qu'on voulait m'enlever ma fille pour que je l'abandonne, alors je la serrais constamment contre moi. Je n'étais pas tranquille : je n'aurais jamais abandonné ma fille. Après, quand je suis rentrée à la maison, tout s'est peu à peu arrangé avec mes parents. Sauf que je n'ai pas pu reprendre le travail de suite car j'avais des complications de l'accouchement. J'ai dû rester alitée deux à trois mois entre le lit et la chaise longue. C'est grâce à ce repos obligatoire que j'ai reçu beaucoup de monde en visite et que j'ai été très gâtée par les gens qui venaient me voir. Ma mère était vraiment très dure avec moi à ce moment-là. Elle s'est radoucie plus tard, lorsqu'il m'a fallu quitter la maison. Elle s'est alors bien occupée de ma fille avec l'aide de ma sœur Julia. Et Papa, qui au début m'ignorait et ne regardait pas ma petite, l'a ensuite complètement adoptée. Je voyais bien qu'elle était devenue sa chouchoute. On peut dire qu'ils l'ont élevée tous les deux, car elle a passé une grande partie de son enfance avec eux à la maison !

Mais ma fille n'a jamais connu son père. Elle a su qui c'était car je le lui ai dit. La famille de V. par contre ne l'a su que plus tard, très tard. Et moi, je n'ai plus revu mon copain d'école qui était le père de mon enfant avant plusieurs dizaines d'années. Ce n'est que longtemps après que V., avant de mourir, m'a appelée au téléphone et m'a dit « au revoir, Madeleine, je t'aime, je m'en vais, mais je voulais te dire que je t'ai toujours aimée ». Il y a de cela plus de vingt ans.

Il est parti et, malgré tout, on s'est aimés. Je ne peux pas le dire autrement.

    Après la naissance, les parents m'ont dit qu'une bouche de plus exigeait que je rapporte de l'argent. Il a fallu que je retourne travailler à l'extérieur pour nourrir ma fille. L'école était terminée pour moi. Nos parents avaient déjà dix enfants, travaillaient beaucoup et gagnaient juste de quoi nous nourrir. Avec ma petite en plus ça faisait treize personnes à table, il fallait assurer le manger pour tous. J'étais devenue fille-mère et le seul revenu que je pouvais apporter était une indemnité de soixante-quinze centimes mensuels qu'octroyait la mairie de St Jean pour soutenir les « malchanceuses ». Cela m'a valu ma première confrontation avec la police française. En effet, j'avais un jour emprunté la bicyclette d'une voisine pour aller chercher mon indemnité et son mari, ne la trouvant plus, avait entretemps déclaré le vol. J'ai eu droit à de longs moments d'isolement à l'hôpital de St Jean, sans doute pour ne pas me mettre en prison, avant que tout ne rentre dans l'ordre. La guerre continuait et il y avait toujours moins de travail et moins de ressources pour acheter ce qu'il fallait. Voilà pourquoi nous, les enfants, étions tous gagés à l'extérieur pour faire les bonnes et les journaliers chez les autres. J'ai donc commencé par travailler chez Mr et Mme G. qui tenaient une grande ferme dans le village. Je n'étais pas payée en salaire mais j'étais bien nourrie et je ramenais des légumes pour aider à la maison. C'était comme ça à l'époque. On gagnait notre croûte, c'est-à-dire de quoi manger et c'était tout. Parfois, quand il y avait l'assemblée, c'est comme ça qu'on appelait la fête au village, on nous donnait la pièce. C'était un cadeau, pas une paye. Et même cette pièce, on la redonnait à nos parents.

Chez les G, je m'occupais principalement des vaches et j'aidais un peu à tout dans la ferme. Je rentrais tous les soirs à la maison après une douzaine d'heures de travail. Au début, j'étais très fatiguée après ma journée, car les tâches étaient très physiques. J'étais encore gamine et en plus je nourrissais ma fille, j'étais vraiment éreintée le soir. Mais le plus dur était de faire le trajet pour rentrer à la maison à la fin de la journée car il y avait de plus en plus d'Allemands dans le village. Des camions circulaient partout et stationnaient dans les cours des maisons, dans les champs et dans toutes les rues du village. Sur les trottoirs, les Allemands circulaient d'un côté de la rue et les villageois circulaient de l'autre côté, de façon à ne pas les côtoyer. Ce n'était pas une obligation mais personne n'avait envie d'avoir affaire à eux. J'avais donc très peur de rencontrer un Allemand quand je rentrais seule. Un soir, j'ai eu encore plus peur que d'habitude : il y avait des soldats partout, comme s'il y avait eu une fête. Il faisait vraiment très noir et je n'arrivais pas à me décider à rentrer à la maison. Je suis alors retournée à la ferme et me suis cachée dans les foins du grenier pour y passer la nuit. Au petit matin, le fermier est venu prendre le foin pour ses bêtes et a bien failli m'enfourcher dans son élan ! Il a eu une très grande frayeur quand j'ai remué et suis sortie de la paille et j'ai eu vraiment très peur, moi aussi, pour la deuxième fois. Je lui ai expliqué que j'avais paniqué face à tous ces Allemands et que je n'avais pas réussi à rentrer chez moi la veille au soir. Il m'a alors ramenée à la maison pour rassurer mes parents qui ne m'avaient pas vue rentrer de la nuit : il ne voulait pas que Maman me dispute. Mais Maman ne s'était pas inquiétée, pensant bien que j'étais restée chez eux pour y dormir.

Maman m'ordonnait de retourner tout de suite au travail, ne réalisant pas que j'étais encore très effrayée. Il est vrai que je n'avais pas osé le lui dire. Chez nous, on ne pouvait pas manquer le travail. Alors Mr G eut pitié de moi et m'a donné une activité plus facile à effectuer: il me fallait juste ramasser les betteraves dans un champ. Mais je n'avais pas dormi de la nuit, alors ça n'a pas traîné : je me suis endormie dans le sillon des betteraves. Heureusement, les vaches que je devais surveiller en même temps n'ont pas bougé. Car si les vaches avaient pris la poudre d'escampette pendant mon sommeil, j'aurais en plus été considérée comme une bonne à rien ! Monsieur G. m'a à nouveau ramenée à la maison et a expliqué à maman que j'étais bien trop fatiguée pour travailler. Maman lui a répondu que j'avais une drôlesse à nourrir, sans vouloir comprendre ma frayeur à circuler seule le soir. Il a bien fallu que je continue.

Chapitre 3

Mes parents voulaient que je cherche un vrai travail qui me donne un salaire à ramener à la maison. C'est que la guerre était toujours là et nous manquions de tout en 1942, la vie était très difficile pour tout le monde. Mais trouver du travail payé était encore plus rare et presque impossible. Un jour, le maire de notre village, qui connaissait notre situation, est venu informer nos parents que le maire de St Jean recherchait des jeunes filles pour travailler. Il n'a pas expliqué ce que c'était. Pour les parents, il était évident que c'était moi qui devais tenter. J'avais dix-sept ans, une fille à nourrir et j'étais robuste au travail. Je devais me présenter à la mairie de St Jean le lendemain. Je suis donc allée à la mairie où ils m'ont proposé un vrai travail, c'est-à-dire avec un salaire. Mais la particularité était que nous devions travailler pour les Allemands ce qui ne paraissait pas choquer mes parents ni personne. J'ai tout de suite été embauchée pour le poste. Je n'étais pas seule, nous étions cinq jeunes filles des environs à se proposer. Nous avons toutes été recrutées. On devait aller faire le ménage et la vaisselle à la *Soldaten* qui était le bar et la cantine des officiers de la Kommandantur, dans la petite rue qui donne sur l'ancien Monoprix de Saint Jean. C'était une proposition très alléchante pour la famille car, non seulement j'allais être nourrie, mais j'allais aussi ramener une paye à la maison ! Je ne savais pas où je mettais les pieds, mais je faisais confiance au maire du village qui m'avait expliqué que les Allemands recrutaient beaucoup de Français. Et j'étais fière car tout le monde dans le village me disait que j'avais de la chance ! J'ai donc pris l'habitude d'aller à Saint Jean tous les jours. Là bas on m'appelait par mon prénom de naissance : je n'étais plus Nizou ni Denise car Madeleine était noté sur mes papiers d'identité. J'étais maintenant Mademoiselle Guetté, ou plutôt « Magdalena Guetteu », tel que le prononçaient les Allemands. Il a fallu que je m'habitue à mon nouveau nom. J'allais donc à St Jean vers les sept heures du matin pour travailler à la *Soldaten* puis, lorsque j'avais fini, je devais ensuite aller l'après midi à Fontenet dans le camp où vivaient les officiers allemands, les *Schweitz*, et les sœurs infirmières allemandes qu'on appelait les *Schwestas*. Mon travail consistait surtout à éplucher les légumes pour tout ce monde. Il fallait travailler vite et il n'y avait pas tellement de mots aimables. C'est là que j'ai entendu pour la première fois les mots *arbeit* et *schnell* ! Nous étions toujours plusieurs et on nous conduisait en voiture ou en camion. Le problème était le déplacement de la maison jusque la *Soldaten*. Il y avait sept kilomètres pour aller et autant pour revenir. N'ayant pas de vélo, je faisais la route à pied le matin, le midi, l'après midi et le retour du soir, car je rentrais à la maison tous les midis pour nourrir ma fille restée sous la garde de mes sœurs les plus jeunes. Je passais donc beaucoup de mon temps à marcher le plus vite possible et, quand je voyais une voiture ou un camion sur la route, je me cachais très vite derrière les haies. J'avais toujours très peur des Allemands, alors que je travaillais chez eux. Je ne comprenais pas bien ce qui se passait et je me sentais trop jeune pour juger des situations. Il n'y avait que les Allemands de chez nous qui étaient plutôt gentils. Je mettais souvent ma fille à faire la sieste sur une couverture à l'ombre du prunier devant la maison. De temps en temps, les Allemands qui logeaient chez mes grands-parents s'approchaient et lui donnaient un bout de gâteau ou un petit quelque chose et même certains l'embrassaient. J'ai bien vu ceux qui avaient des larmes plein les yeux ; ma fille devait sûrement leur faire penser à leurs propres enfants.

Ma vie a basculé une nouvelle fois en avril 1943. Un jour, un officier allemand s'est approché de moi alors que j'étais occupée à faire la vaisselle et à ranger derrière le bar. Cet officier qui me fixait du regard m'a tout d'un coup empoigné les seins à pleines mains par-dessus le comptoir ! J'avais dans les mains une cuillère à pot et alors paf ...je l'ai tapé avec toute la force de ma jeunesse en colère, je lui ai craché à la figure et enfin je l'ai traité de sale Boche ! ... Mon Dieu ! J'ai senti que j'avais fait là une grosse bêtise ! Le cuisinier allemand, toujours très gentil avec moi, s'est approché et m'a dit *Magdalena, schnell...schnell...* il faut partir, va t'en ! J'ai pris mes jambes à mon cou et suis repartie le plus vite possible chez moi, presque en courant. Je suis rentrée à la maison sans rien dire à personne, pas même à Maman qui s'étonnait que je revienne si tôt. Je savais que j'avais fait une bêtise, mais j'ignorais comment elle serait jugée. Les Allemands n'ont pas mis longtemps à arriver. Très vite la Gestapo était là devant chez nous : la traction noire était allée plus vite que moi bien sûr. Ils ont demandé où j'étais à mes parents. J'étais là, assise, et je nourrissais ma petite, espérant sans doute qu'ils se laisseraient émouvoir. Ils ont littéralement arraché ma fille de mon sein et l'ont plaquée dans les bras de Maman. Quel choc ! Ce n'était plus les gentils Allemands polis de la maison. Tout est allé très vite. Deux Allemands m'ont traînée dehors. Qu'avais-je fait ? Tout le monde dans le quartier me regardait partir, tirée, encadrée et poussée dans la voiture. Je me souviens d'eux tous et je vois encore leurs visages ébahis. Certains de nos voisins pleuraient et d'autres étaient comme pétrifiés. Et moi, je regardais s'éloigner les visages de ma fille et de ma mère, et puis d'un coup, je ne voyais plus rien !

Je nourrissais ma fille depuis trois ans, j'avais du lait, et tout ça s'est arrêté brutalement pour elle et pour moi ce jour-là. Avec le recul, je me suis dit que j'avais eu beaucoup de chance qu'ils n'emmènent pas ma petite. Si les Allemands l'avaient prise, je ne sais pas ce qu'elle serait devenue. Sans doute l'auraient-ils tuée.

Ils m'ont embarquée seule dans la voiture et m'ont emmenée directement à la *Kommandantur* de La Rochelle. Je n'étais jamais allée à La Rochelle mais je n'en ai pas vu grand-chose. La voiture s'est arrêtée devant la Gestapo et j'ai eu droit à un drôle de procès tout de suite en arrivant. J'ai été poussée dans un petit bureau où étaient présents plusieurs officiers. Le commandant et ses officiers étaient tous Allemands de la Gestapo, tous habillés en vert avec comme un collier sur le col et une batterie de médailles. Ils ont tout de suite commencé à discuter de mon cas entre eux autour du bureau. Moi j'étais debout et j'essayais de comprendre ce qui allait m'arriver. L'un d'entre eux me traduisait. Ils ont énoncé les faits et m'ont dit que le pire était d'avoir craché à la figure d'un officier. Je leur ai dit que c'était lui qui m'avait agressée. Il m'a été répondu que cet Allemand partirait probablement en première ligne au front. Je me suis demandé quel était ce front ? D'après eux, ce n'était pas une affaire ordinaire car j'avais craché à la figure de l'occupant, mais l'officier n'avait pas non plus le droit d'avoir ce geste déplacé ni de chercher un contact avec moi, quel qu'il soit. L'officier en cause avait désobéi au règlement allemand qui interdisait tout rapport avec des Français. Il allait être jugé. Mais moi aussi. Et le verdict qui me concernait est tombé ; le juge allemand m'a laissé le choix : être fusillée tout de suite ou aller en camp disciplinaire de travail ! *Le choix* ! Je ne savais pas ce qu'était un camp disciplinaire, je me suis dit que ça devait être une maison de redressement ou une prison où je serais astreinte à un travail. On m'a donné le choix, tu parles d'un choix, je n'avais pas le choix. Si je voulais revenir un jour, revoir ma famille et ma fille, il fallait que je vive. Et voilà, en quelques minutes, on m'a fait signer un papier que je ne pouvais pas lire, j'ai signé d'une croix car je ne savais pas écrire et je me suis retrouvée aux arrêts dans une cellule. Le gardien m'a gracieusement donné une boule de pain et une couverture. J'avais très mal à la poitrine et j'avais peur. Mes seins coulaient, du lait que n'aurait pas ma fille, ce qui m'occasionnera des abcès les jours suivants. Le lendemain, on m'a emmenée menottée dans un camion cellulaire. Je ne savais pas où j'allais, je savais juste que je voulais vivre. Ma vie était bouleversée. On était le 5 mai 1943 et j'avais tout juste dix-huit ans.

Je suis arrivée dans une grande prison à Angoulême, occupée par les Allemands. Au bout de trois semaines, j'ai eu droit à un deuxième procès, avec des Allemands ou des Français en uniforme allemand, car ils parlaient tous très bien le français et sans aucun accent. Mon affaire ne les a pas vraiment intéressés. J'avais blessé un officier allemand, la punition était donc la prison. On était logés dans des dortoirs avec des lits superposés. Je couchais en bas. On n'était que des femmes. On avait à manger mais c'était un menu de prisonnier : de la soupe avec des topinambours ou rutabagas. Les autres détenues recevaient des colis avec de la nourriture. On avait encore des toilettes à ce moment-là. Pas de douches, mais on pouvait se laver au lavabo. Dans la journée, nous devions travailler : il fallait laver le linge des Allemands.

Un jour, une autre détenue m'a demandé pourquoi ma famille ne m'envoyait pas de colis. Je lui ai dit que je ne savais pas écrire et que je ne pouvais pas les prévenir que j'étais là. Alors cette femme l'a fait. Elle a écrit pour moi à mes parents. Et j'ai moi aussi reçu quelques colis très précieux. Sauf que Maman, qui savait lire et écrire, avait glissé un mot dans le premier colis. C'est la même femme qui a lu la lettre pour moi. Maman m'écrivait pour me prévenir qu'elle ne parlerait à personne de ma détention et qu'il ne fallait surtout pas que j'en parle à d'autres. Alors j'ai bien compris que, pour Maman, j'étais en prison parce que j'avais forcément fait quelque chose de très mal. Elle devait avoir grande honte et ne voulait pas ébruiter la nouvelle.

Dans cette prison, il y avait de nombreuses nouvelles prisonnières qui arrivaient tous les jours : des jeunes, des mamans, des vieilles. À chaque entrée, tout le monde pleurait. On ne savait pas ce qu'on allait devenir et même si on reviendrait chez nous un jour, car les choses changeaient tout le temps. Chacune pensait aux siens, à tous ceux qu'on avait laissés derrière nous, nos parents, nos enfants, notre papa, notre maman. On était toutes à la même enseigne. On ne se parlait pas beaucoup et moi presque pas car je n'avais pas été habituée à m'épancher. La longue cohabitation a quand même fini par délier les langues. Les motifs d'internement étaient tous plus bêtes les uns que les autres. J'étais là pour avoir craché à la figure d'un officier allemand et j'avais déjà évité le pire. Les autres étaient détenues pour vols, le plus souvent des vols de pain ou de nourriture, d'argent ou de bicyclette. Bizarrement l'arrestation pour vol était un motif très grave à cette époque et un signe de très mauvaise conduite. Manger était vital et l'approvisionnement bien plus difficile en ville qu'à la campagne. Nous étions en guerre les uns contre les autres ! On considérait comme un crime de voler la nourriture et nous avions toutes mérité l'emprisonnement.

J'ai eu droit ensuite à un troisième procès avec des Français cette fois. En ouvrant mon dossier, le juge a lu lentement et à haute voix que je n'étais quasiment jamais allée à l'école, que j'étais une parfaite illettrée de dix-huit ans, sans éducation et sans moralité puisque je laissais une petite fille de trois ans derrière moi. Le ton du juge était condescendant ! Comme si le fait de ne pas savoir lire et écrire était à l'origine de ma présence en prison ! Je ne comprenais pas que le juge parle de mon éducation et non de l'agression à l'origine de mon arrestation. Mais j'ai réalisé à ce moment-là que mon peu de savoir serait un poids toute ma vie.

Un jour, nous avons été appelées pour une visite médicale : une gardienne nous a fait déshabiller jusque la taille, puis un docteur nous a reçues deux par deux. À mon tour, il a regardé mes dents et posé le stéthoscope sur la poitrine, tout en demandant si j'avais des problèmes de santé. J'avais eu des problèmes bien sûr mais je n'avais pas le temps de réfléchir, à savoir s'il valait mieux en parler ou pas. J'ai certainement répondu non mais je ne m'en souviens plus. Je voulais juste éviter les ennuis ! De toute façon, la visite était déjà terminée. On me poussait pour laisser quelqu'un d'autre passer. Je suis retournée en cellule sans savoir ce qui se tramait. C'est après que j'ai su que j'étais bonne pour le service et que je partirais en train, comme beaucoup d'entre nous, pour un camp de travail en Allemagne sans savoir quand nous reviendrions. C'était encore un nouvel avenir inconnu. Jusque-là je ne connaissais rien à part mon village et depuis peu La Rochelle et la prison d'Angoulême. Il me fallait aller cette fois en Allemagne, le pays qui nous faisait la guerre ! On n'y connaîtrait personne et on ne nous parlerait qu'en allemand. Pouvait-on croire que la situation là-bas serait plus facile à vivre qu'ici en prison ? Allions-nous revoir nos familles ? Nous ne savions pas grand-chose. Nous savions toutes que nous ne sortirions pas de sitôt mais on ne pouvait pas imaginer ce qui nous attendait, tout ce qu'on allait vivre dans les camps.. Peut-être d'ailleurs que personne ne pouvait prévoir ce qui nous arriverait, ni les gardiennes ni le docteur, ni personne. On ne savait même pas où on allait exactement. Nous étions nombreuses à partir. Nous pleurions toutes de ne pas savoir. Nous partions vers un monde inconnu et qui nous paraissait hostile et je ne pouvais pas l'écrire à ma famille.

Je ne suis finalement restée qu'un mois et une semaine peut-être à Angoulême. Vers la mi-juillet, le départ vers l'Allemagne nous a été annoncé. Nous pouvions emmener nos affaires, mais je n'avais quasiment rien. Les autres détenues avaient plus de choses que moi, souvent une valise ou un sac, venant de chez elles ou de leur famille. Nous sommes parties pour la gare en camions et voitures cellulaires, bien surveillées par des Allemands.

J'avais déjà travaillé chez les Allemands mais c'était chez moi en France. Je ne m'étais pas bien rendu compte des dangers de cet emploi ; j'y allais librement pour gagner de l'argent, ce n'était pas un emprisonnement. Je m'étais permise de réagir à un comportement qui n'était pas acceptable à mon sens et je m'étais crue en droit de répondre à un Allemand qui m'agressait. Je n'avais pas encore compris la guerre. Mais maintenant que je partais, je comprenais qu'on m'obligeait à rentrer dans la guerre, que je le veuille ou non !

Le voyage qui a suivi a été très pénible à vivre car nous étions toutes entassées. Comme si ce trajet devait nous préparer au pire.

Je ne dors plus si bien la nuit, je suis inquiète. Parfois j'écris mentalement des lettres à ma famille. C'est bête, je ne sais pas écrire, mais ça me fait du bien.

Papa et Maman,

Bonjour Papa et Maman, je ne peux malheureusement pas vous écrire, mais je pense très fort à vous : vous me manquez et mes frères et sœurs aussi. Vous nous avez toujours dit ce qu'on devait faire mais maintenant je suis toute seule et je me trouve dans un sacré bourbier. J'ai insulté un officier qui voulait poser les mains sur moi au travail à Saint Jean. C'est pour ça que les Allemands sont venus m'arrêter. Ils m'ont emmenée à La Rochelle où ils m'ont jugée. Il paraît que ce que j'ai fait est très grave : ils m'ont proposé d'être fusillée tout de suite ou de partir en camp disciplinaire de travail. Bien sûr j'ai choisi le camp, alors je pars travailler en Allemagne, je ne sais pas pour combien de temps. Je sais que vous m'en voulez encore d'avoir amené un enfant de plus dans la famille, je ne l'ai pas fait exprès. Maintenant que je suis partie, vous allez être obligés de vous charger entièrement d'Annie. Je vous dis merci d'avance pour ce que vous faites pour elle, j'espère vous revoir bientôt, votre fille N.

Annie,

Il m'est étrange de te parler en pensée, ma petite fille. Je te nourrissais de mon lait quand les soldats allemands sont arrivés, tu as dû être bien surprise de me voir partir. Je me demande ce que Maman et Papa auront inventé pour t'expliquer mon départ. J'ai été emmenée en prison car j'ai fait une bêtise au travail chez les Allemands. Jusque-là on se voyait tous les jours toutes les deux. Tu sais que tu es ma fille mais tu me vois plutôt comme une grande sœur. J'étais trop jeune quand tu es venue au monde et je ne savais absolument pas comment faire avec toi. Alors Maman est devenue ta maman par la force des choses. Je ne sais pas quand on se reverra, j'espère que tout ira bien pour toi. Remercie bien Maman et Papa, sois gentille avec eux. N. ta vraie maman.

Chapitre 4

On roule jusque la gare dans les camions cellulaires. À travers les barreaux, je regarde la vie du dehors : des gens qui marchent librement, des vendeurs de journaux, des mères de famille avec leurs voitures d'enfants. Quand serais-je libre à nouveau ?

Lorsque nous arrivons, on nous montre un train qui sera le nôtre : je n'en n'ai jamais vu de si long ! J'ai encore aujourd'hui la photo de ce train en tête. Un train qui n'en finit pas. On nous fait monter dans les derniers wagons sans bancs ni sièges. On nous sépare, les hommes d'un côté et les femmes de l'autre. On dirait des wagons à bestiaux. Nous sommes toutes debout entassées, les unes contre les autres. Je ne connais personne.

Au début nous sommes très gênées de cette proximité : on se trouve serrées comme des sardines et collées nez à nez avec des gens qu'on ne connaît pas. C'est même difficile de respirer. Nous subissons les odeurs corporelles de chacune et il faut prendre sur soi, ne pas faire de remarques désagréables ni de gestes démonstratifs. Car il y en a pour un moment, c'est sûr. Et puis je sais que je ne dois pas sentir très bon moi non plus. Le train avance lentement et il y a beaucoup d'arrêts dans la campagne. Le voyage est long. On n'a aucun moyen de s'asseoir, même par terre, car nous sommes bien trop nombreuses. On ne peut bouger que lors des arrêts du train. On entend alors les sifflets ; les gardes ouvrent la porte d'un coup et nous devons toutes descendre rapidement les unes derrière les autres. À chaque fois nous sommes aveuglées par la lumière et le soleil. Dès le début, on nous donne de l'eau et de la soupe à manger le midi et une boule de pain le soir. C'est très peu et on a toutes très vite faim. Certaines ont des réserves avec elles, beaucoup n'en ont pas et je n'en ai pas. Pendant les arrêts on doit faire nos besoins sur place, devant les portes du train, les unes à côté des autres. Au début on se regarde par en dessous, on ose à peine mais les besoins naturels sont pressants et il faut bien, nous n'avons pas le choix : on doit mettre sa pudeur de côté. Les gardes sont tous des Allemands et, à l'aide de grands gestes brusques, nous font comprendre que si quelqu'un cherche à s'évader, il sera fusillé. Les Français ne sont plus là à leurs côtés, alors les Allemands sont encore plus agressifs. Nos conditions de détention à la prison d'Angoulême étaient en comparaison très supportables et me voilà à les regretter, ce qui me paraît incroyable.

C'est au cours de ce trajet de deux à trois jours, je ne m'en souviens plus très bien, que je fais la connaissance de Georgette. Nous sommes restées ensemble emprisonnées pendant deux ans et dix jours, du 11 mai 1943 au 21 mai 1945. À partir de là, on ne s'est plus quittées et c'est sûrement ce qui nous a permis de survivre.

Arrêt du train. J'entends *Sarbruc*, un son qui claque. C'est sec. Tout le monde descend. Sauf qu'on ne descend pas du train, on nous tire, on nous pousse, on crie pour nous faire aller plus vite alors qu'on est tout engourdis et affaiblis du trajet. Ça me paraît stupide : de toute façon, personne n'a envie de rester dans le train. Je reconnais le mot *schnell* hurlé par les gardes. Il faut aller plus vite. Nous faisons ce que nous pouvons, mais il est bien difficile de pousser tant de personnes engourdies. Une fois en bas, on nous sépare encore : d'un bord les hommes, de l'autre les femmes et les enfants. Les plus faibles sont mis de côté un peu plus loin. Je ne comprends rien de ce qui se passe, comment imaginer un tel accueil ? On ne nous regarde même pas. Pas de mot d'explication, ni d'aide. Je me rends compte que beaucoup de personnes ne parlent pas le français. Plusieurs nationalités sont donc accueillies en même temps. Il faut encore marcher avant d'arriver au camp. Les Allemands nous interdisent de parler, comme s'ils avaient peur qu'on ne les entende pas. Ça ne risque pas. Ils crient comme leurs chiens aboient. On n'en peut plus. Et si on parle, même à voix basse, ils nous hurlent dessus. J'entends qu'ils disent quelque chose comme *Halt die Schnauze,* que je comprends comme « ferme ta gueule » ! Il y a beaucoup de gardes, quasiment un soldat et son chien pour surveiller un prisonnier. Les Allemands bastonnent certaines des détenues les plus faibles ou celles qui n'avancent pas assez vite. J'entends encore une fois le nom de *Sarbruc,* je ne sais absolument pas où ça se trouve, personne n'a l'air de savoir, sauf que nous sommes bel et bien quelque part après la frontière française, donc en Allemagne.

En arrivant, on nous fait entrer dans une sorte de hangar, où on nous fait comprendre d'enlever tous nos vêtements. Je regarde les unes et les autres autour de moi, en hésitant car on ne se connaît pas, mais il faut aller plus vite. On se retrouve toutes nues. C'est très dur à vivre. Comment vous dire la gêne que ça nous faisait ? Les mères de famille, les jeunes, les vieilles, tout le monde est très gêné ; on ose à peine se regarder. On se sent humiliées. Je me sens humiliée, jamais je ne me suis déshabillée devant des gens. Même à la maison, je ne me déshabille jamais devant mes parents, mes frères ou mes sœurs. Mais ici, nous sommes obligées. Personne d'entre nous ne dit rien. J'ai peur, nous avons toutes bien trop peur de ce qui peut se passer si on n'obéit pas. Il faut déposer nos affaires sur des couvertures par terre. Moi je n'ai rien que ce que j'avais en partant de la maison, je porte toujours les mêmes vêtements. On doit tout déposer, y compris les quelques petites choses qui nous restent une fois déshabillées. Certaines avaient pu conserver jusque là des photos de leur famille, des camées, des broches, elles les déposent sur la couverture avec déchirement. Je dois me défaire des seuls bijoux que j'ai sur moi, ce sont des boucles d'oreille en or avec une pierre bleue assortie à la couleur de mes yeux. Ces boucles d'oreille sont le seul bijou que je possède vraiment. Je les ai eues en cadeau de Maman lorsque j'avais huit ou neuf ans, après que le docteur lui ait fait la remarque que des yeux aussi bleus que les miens méritaient des boucles d'oreille bleues. Maman l'avait fait : les boucles coûtaient cher mais elle me les avait achetées. Je dois aujourd'hui les poser à terre comme une vulgaire marchandise. C'est un déchirement pour moi, car ce sont les seuls biens que je possède. Il faut ensuite signer un cahier pour déclarer ce qu'on a laissé, comme à la prison. À ce stade, je pense encore qu'on nous rendra nos affaires et je suis bien naïve. De toute façon, je ne peux pas lire ce qui est noté : je signe le registre par une croix, montrant bien aux personnes qui m'entourent que je ne sais pas écrire.

Nous passons ensuite dans une pièce qui est une salle de douche. Nous passons deux par deux sous le jet. Il faut faire vite. Mais je me sens soulagée car ça fait très longtemps, depuis le départ d'Angoulême, que je ne me suis pas lavée. Je reprends un peu espoir, qui ne dure pas : ce sera notre seule vraie douche ! Ils nous jettent d'autres vêtements qui ne sont pas tous à notre taille. Il s'agit de vêtements usagés qui ont été portés par d'autres femmes, parfois des vêtements d'homme, d'été ou d'hiver, grands ou petits et aucun sous-vêtement. J'hérite d'un pantalon couleur kaki, qui me va à peu près. Les chaussures non plus ne sont pas à notre taille et parfois dépareillées. On se demande toutes à quoi on ressemble ainsi, affublées de ces rebuts, sûrement plus à des femmes.

Une fois récurées, nous avons droit à une autre séance de déshabillage devant un docteur. En fait de docteur, il regarde plutôt si on est encore vaillantes. Celles qui ne le sont pas ou plus sont mises de côté. Nous devons nous rhabiller tout de suite et très vite sous peine d'être frappées par le garde qui tient une espèce de fouet en cuir, que les Allemands appellent la *Schlague*. Celles d'entre nous qui ne vont pas assez vite sont poussées, tapées ou cravachées. Nous sommes toutes effarées, et ne comprenons pas la violence de cet accueil. Comment pouvons-nous être si indésirables, alors que nous sommes venues ici pour travailler ? On nous dit aussi de ne plus parler. Silence ! Pour qu'on entende leurs ordres, ou qu'on ne puisse pas s'entraider ? Nous sommes pourtant complètement muettes, tellement abasourdies. Nous n'en revenons pas et, à la dérobée, nous nous regardons. Nous pensons toutes qu'il y a méprise sur notre compte. Que quelqu'un va s'avancer vers nous et nous dire qu'il y a eu erreur, que le camp de travail n'est pas ici, qu'ils se sont trompés. Ce n'est pas possible. Nous sommes sidérées.

Nous sommes ensuite emmenées dans des grands baraquements en bois pour être logées. On est au moins une centaine de femmes dans la même baraque. Il y a bien des fenêtres mais les volets sont tous fermés, alors on n'y voit pas grand-chose et ça sent le renfermé. Il règne ici une puanteur qui nous donne envie de reculer. Mais il faut avancer et trouver un lit. Si possible un lit où nous pourrons rester ensemble, Georgette et moi. Heureusement, nous trouvons deux couchettes libres superposées ! Je réserve celle du bas et Georgette dormira au dessus de moi. Les lits sont des planches de bois, très étroites et avec un étage. J'ai toujours réussi à rester en bas ; je ne voulais pas monter. Peut être pour sortir plus vite ? Il n'y a pas de draps : rien qu'une paillasse recouverte de tissu. Les couvertures sont sales et sentent très mauvais, la transpiration des précédentes sans doute. Dans la chambre se trouvent aussi les tinettes, c'est pour ça que ça sent si mauvais dans tout le bâtiment. Quatre d'entre nous seront désignées chaque jour pour les vider.

J'avais vu juste pour le choix de la couchette car le matin il faut se lever très vite. On se lève et on s'habille le plus vite possible. La toilette du matin est juste une simagrée. On nous montre la salle de douche où il y a bien un filet d'eau, mais sans douche ni lavabo. Nous sommes de toute façon trop nombreuses pour espérer se laver. À peine entrée, il faut déjà sortir. On se pousse, je pousse et on me pousse : c'est la ruée. Quand j'y parviens, je ne peux que prendre un peu d'eau au creux de la main et me la passer sur la figure, parfois sur le reste du corps. Nous sommes très sales et nous ne savons toujours pas ce que nous allons devenir, à la condition de rester vivantes ! Il faut tenir. Mais à ce régime là, on devine déjà que tout va être difficile.

Dès le lever du jour, on reste debout longtemps, parfois des heures, pour faire l'appel et nous compter. Même par temps froid, même sous la pluie et dans le vent, tous les jours il y a l'appel. Les femmes plus âgées ou plus faibles tombent d'épuisement. On tente alors de les retenir entre nous car sinon les coups pleuvent sur elles. On pense à chaque fois qu'on va bientôt aller travailler, mais en fait on ne fait rien. Nous devons rester tranquilles, souvent des heures et sans parler. C'est une torture de rester là, sans savoir ce qu'on attend de nous. Pourquoi nous faire venir si on ne nous fait pas travailler ? Après l'appel, on doit aller dans le réfectoire, s'asseoir en silence. Là encore, on ne fait rien. On attend. Ce n'est même pas l'heure du repas.

Plus tard le repas arrive : c'est une espèce de soupe avec des rutabagas qui ne ressemblent à rien, n'ont le goût de rien et qu'on a du mal à avaler tellement c'est mauvais. Souvent, on nous donne un bout de pain, plutôt une biscotte épaisse, mais sans goût. C'est immangeable, mais nous le mangeons. Il faut manger si on veut résister. Ensuite, nous ne devons plus bouger du réfectoire. Je rêve de m'évader, mais ne sais comment. Avec tant de gardes partout, ce n'est pas possible, sous peine de se faire battre ou peut-être pire. Car, à ce moment-là, je me demande où sont passées les autres femmes qui étaient faibles à la descente du train et qui ont été mises de côté. En fait de camp, ça ressemble plutôt à une gare de triage.

Après ces quelques jours épouvantables, peut-être trois semaines ou un mois, lors de l'appel du matin, plusieurs femmes sont appelées. Je comprends qu'elles vont être transférées dans un autre endroit. Et j'entends mon nom. Je ne me souviens plus de ce que j'ai ressenti, mais je me rappelle qu'est né l'espoir de s'échapper enfin de ce cauchemar. Georgette aussi est appelée. Nous allons quitter *Sarrebrück* ensemble et rester toutes les deux et c'est un grand soulagement.

Lorsque nous partons, je remarque que nous ne sommes que des femmes. Nous voyageons sans bagage car ils ne nous ont pas rendu nos affaires. Je suis très attristée car je sais que je ne reverrai plus les boucles d'oreille de Maman. Nous reprenons le chemin de la gare où nous attend un train, aussi long que le premier. Et c'est encore un train à bestiaux sans siège pour se poser, avec deux tinettes près de la porte. Nous sommes déjà un peu plus habituées aux odeurs nauséabondes. Mais peut-on vraiment s'habituer à tout ? J'espère que nos conditions de vie vont s'améliorer par la suite. Elles ne peuvent pas être pires. En trois semaines, nous avons vu et subi tout ce que nous sommes capables de vivre et supporter. C'est ce que nous pensons toutes à ce moment-là.

Il faut pourtant encore endurer le voyage en train, sans nourriture ou presque, un peu d'eau c'est tout. Les odeurs des tinettes nous imprègnent, il n'y pas de fenêtre pour aspirer un peu d'air frais, pas de lumière non plus, ni de possibilité de voir les lieux que nous traversons. Il y a bien des arrêts, matin et soir, mais c'est forcément trop peu. Le train s'arrête parfois brusquement lorsque les avions nous mitraillent. Dans ce cas là, ils nous font descendre à toute allure, nous devons nous cacher dans les champs et surtout remonter aussi vite. S'il manque quelqu'un, il y aura des représailles. On devine lesquelles. C'est un voyage horrible encore, qui nous rappelle que nous ne sommes pas seulement des prisonnières, mais des moins que rien. C'est dur à chaque instant, on n'est plus très étonnées. Après quelque temps, je ne me souviens plus combien de jours le voyage a duré -trois jours au moins-, plus personne n'est vaillant dans le wagon. Celle qui ne supporte plus ou ne peut pas suivre est déjà en sursis. Les gardiens allemands battent les récalcitrantes et les plus faibles qui ne tiennent plus sur leurs jambes quand elles descendent. Puis ils les poussent à terre. Ces gens ne sont pas des humains.

Dans le train, les femmes racontent les pires rumeurs. J'entends dire des tas de choses sur ce qui se passe. Mais un jour je le vois. Je vois un Allemand attraper une personne qui était trop faible pour se tenir debout et la jeter dans un four qui suivait le train. J'ai toujours cette image en tête, je ne peux pas l'oublier. Le corps jeté dans les flammes, qui se relève et se raidit avant de s'effondrer. Toutes les femmes crient. Les gardes hurlent *Halt die Schnauze* ! Je suis hantée par ces images et ces cris. À ce moment là, je comprends qu'ils vont éliminer tous les gens fatigués. Aujourd'hui on me dit que les fours ne suivaient pas les convois et que ça ne pouvait être que la chaudière. Peut-être, sans doute, mais ça ne change rien. Un Allemand jette un prisonnier dans le feu, comme un objet devenu inutile. J'ai encore une fois de la chance, je suis jeune et en très bonne santé, je supporte ce nouveau voyage, et Georgette aussi. Nous comprenons qu'il faut paraître vivante pour rester en vie.

Chapitre 5

Nous arrivons dans une nouvelle gare au bout de ce voyage très pénible. Nous ne savons pas ce qui nous attend, mais nous sommes pleines d'espoir. On pense toutes qu'on arrive enfin dans le camp disciplinaire où on nous attend pour travailler. Le train s'arrête, nous sommes dans le nouveau camp, *Ravensbrück*.

Nous sommes très faibles et fatiguées du voyage ; on a mal partout et nous n'arrivons pas à descendre facilement. À nouveau des gardes nous poussent, nous tirent, nous crient dessus. Ça recommence de la même façon. Ce n'est pas possible, nous sommes attendues pour travailler. Nous espérions un accueil moins violent qu'à *Sarrebrück*.

Mais nous ne sommes pas vraiment arrivées. Il faut encore marcher. De loin, nous voyons le camp se préciser petit à petit. On aperçoit des barbelés, des cheminées et des dizaines de baraquements. Notre moral à toutes est à nouveau en berne. Nous avançons serrées et en silence vers cet endroit qui nous apparaît sinistre. L'horizon se resserre. Notre peur s'intensifie au fur et à mesure que nous approchons. Nous sommes accueillies par des scènes encore inimaginables il y a quelques heures. Des femmes en tenue de travail marchent courbées en deux par les poids qu'elles portent ou les charrettes qu'elles tirent. D'autres marchent serrées en rangs. Elles sont toutes très maigres et semblent épuisées. Elles ne nous regardent pas et leurs regards sont figés. Elles font un travail normalement réservé à des bœufs ou des chevaux. C'est une scène insupportable. Elles ressemblent à des squelettes. Des gardiens avec leurs chiens les houspillent. Et les gardes sont nombreux, méchants, hurlants, aboyants, tout comme à *Sarrebrück*. Nous nous jetons toutes des regards désespérés. Je me sens effondrée. Je n'espérais pas la vie de château en venant ici, mais mon espoir d'échapper à ce cauchemar grâce au travail se réduit en miettes. Le même scénario recommence. Ce premier appel est une attente interminable dans la cour, toujours sans boire ni manger. Certaines d'entre nous tombent, évanouies. Il faut encore passer dans une pièce où on nous demande de laisser toutes nos affaires. Comme si on en avait encore ! On nous prévient : on ne doit surtout pas garder les bijoux, sinon on sera fusillée. Je ne regrette plus mes boucles d'oreille, je n'aurais pas pu les garder bien longtemps. Il faut se déshabiller une nouvelle fois, donner tout ce qu'on a. Même si ce sont des photos, une garniture hygiénique ou des lunettes ! Ça fait bien longtemps que je n'ai plus rien de tout ça. J'enlève ma robe. Il faut encore continuer. Je vois les autres hésiter aussi, mais que faire ? Alors j'enlève le reste. Je suis toute nue. Nous sommes toutes nues, devant eux qui s'amusent de nous derrière leurs bureaux. Nous cachons notre nudité comme nous le pouvons avec nos mains, l'une sur la poitrine, l'autre devant notre sexe. Ils nous houspillent comme si notre pudeur les amusait. Est-ce qu'on est dans un monde de fous ? Comme s'ils voulaient que nous n'ayons plus rien, que nous ne soyons plus rien, que l'on se sente du bétail. Ce sont eux qui ne sont plus humains. Ils nous regardent avec des yeux de bestiaux. Puis, ils écartent nos cheveux brutalement et examinent notre tête pour savoir si nous sommes sales ou pouilleuses au point de nous raser. J'ai de la chance car, à ce stade, je n'ai pas encore de poux. Ils me coupent les cheveux à la garçonne, pas plus. D'autres sont rasées, la tête et le reste, les rendant complètement anonymes. Personne ne ressemble plus à une femme, on ne se reconnaît même plus entre nous.

Plus tard, nous aurons droit à une douche et on nous fera changer de tenue, j'aurai une veste et une culotte de coton rayé. On a notre numéro cousu sur la veste selon la raison de notre déportation. Je porte un ruban de couleur bleue. Je ne sais pas ce qu'il veut dire. Le froid nous pénètre déjà de partout alors qu'on est en juillet, les vêtements nous protègent à peine. Les chaussures sont des galoches d'homme mais nos pieds sont nus sans chaussettes et ce sera pareil en hiver. Pas de sous-vêtement non plus, nous sommes les fesses nues, les bras nus selon le vêtement qu'on a eu et notre poitrine est nue aussi en dessous. Nous grelottons tout le temps. Le pire est de rester debout des heures sous les pluies froides car nos vêtements ne peuvent pas sécher.

Puis on nous fait défiler dans un couloir, chacune doit tendre le bras à son tour, une *schwesta* nous tient le bras et une autre *schwesta* nous tatoue à l'encre bleue au niveau de l'avant bras gauche. J'hérite d'un numéro qui remplace mon nom. Je ne sais pas lire, mais je me rappelle que mon matricule commençait par un 1 et finissait par un 9. Je ne me souviens pas non plus d'avoir eu mal. Plusieurs fois, depuis que je raconte mon histoire, on m'a demandé quel était ce numéro. Mais je ne m'en souviens pas, j'ai voulu tout oublier aussitôt que j'ai été libérée en 45 : dès que j'ai pu, j'ai demandé à un chirurgien de me l'effacer. Plus tard, pour faire mon dossier, j'ai cherché mon nom parmi les déportées travailleuses de ce camp et du précédent mais, sans numéro, on ne peut pas retrouver notre nom, ni la trace de notre passage.

On mange trois fois par jour, toujours très vite et très peu. Le matin, on nous sert un semblant de café, qui n'est que de l'eau colorée, avec de l'orge grillée j'imagine. À la pause du midi, nous devons rester debout et manger sur place en quelques minutes à l'endroit même où l'on travaille. On nous distribue un bouillon avec un morceau de rutabaga dans la gamelle, jamais de viande, jamais rien d'autre. Le soir nous avons une soupe avec un morceau de pain, qui ne ressemble toujours pas à du pain. Rien n'est bon, mais je dois manger pour tenir. Le dimanche et les jours de fête des Allemands, nous avons droit à un bout de saucisson, parfois un sucre. Ce n'est pas fréquent, car les gardes femmes s'organisent pour se garder les beaux morceaux de légumes ou de viande pour elles. Les gardes femmes sont souvent des prisonnières polonaises qui veulent manger plus et être mieux traitées, en échange de leurs services. Elles sont parfois pires que les Allemands, elles déversent sur nous toute la méchanceté dont elles sont capables. Nous, les détenues, nous ne pensons qu'à manger tout le temps. Nous avons presque toutes une gamelle attachée à la ceinture par une ficelle pour ne pas la perdre, ou ne pas se la faire voler. Si ça arrivait, nous n'en aurions pas d'autre. Sans gamelle, pas de soupe, ce serait la fin !

Nous sommes essentiellement des femmes mais on voit plus loin une autre petite partie du camp réservée aux hommes. On les aperçoit derrière le barbelé : ils sont quelques centaines, moins nombreux que nous. On y voit parfois des scènes encore pires que de notre côté. Certains hommes cherchent à avoir du rab dans leur gamelle : ils mangent puis ils reviennent faire la queue à la distribution. S'ils se font repérer, c'est la schlague ou les coups de bâton dans le ventre ou les côtes. Les soldats les frappent alors jusqu'à la mort. Même quand on tuait le cochon à la maison, je n'ai pas souvenir d'une telle violence.

Alors, quand je le peux, je lance un bout de saucisson du côté des hommes, qui sont encore plus affamés et plus squelettiques que nous, et qui ont leur réfectoire en face du nôtre dans une baraque du fond. Je ne le fais pas souvent car les gardes nous surveillent avec leur mitrailleuse et j'ai trop peur qu'ils ne me tirent dessus.

Pour dormir, il faut se tasser dans le baraquement qu'on nous a désigné. Je loge dans le baraquement n° 4 avec Georgette. Nous sommes bien plus nombreuses qu'à *Sarrebrück*. Apparemment nous sommes toutes là pour travailler. Georgette est à côté de moi, sur le plancher du bas. Nous avons encore réussi à rester ensemble. Georgette et moi devenons très proches, comme des sœurs, même si on ne parle pas beaucoup. Je lui raconte des choses bien sûr ; on est du même monde de la campagne, on se comprend. Mais elle ne me dira jamais pourquoi elle s'est trouvée avec moi à la prison d'Angoulême. On se garde notre place, on a l'impression de se protéger l'une l'autre. Parfois les gardes allemands nous embêtent pour leur plaisir. Parfois, juste avant le coucher, ils arrosent nos lits pour nous empêcher de dormir. Sont-ils fous ? Ils le paraissent, leurs yeux sont des yeux de brutes. On ne ferait pas ça à nos bêtes. Mais comme les autres, je dors. On est tellement fatiguées que l'on s'effondre sur nos couchettes, même trempées.

On n'a pas de douche, ni de vraies toilettes dans le camp.

On se lave à un filet d'eau avec ce qu'on a. On fait nos besoins dans une tinette, dans la baraque. Ça sent très mauvais et c'est très vite plein. Et ça se passe juste à côté de la distribution des repas. Nous avons les odeurs, les bruits et la vue pendant que l'on mange. Au début, tout est insupportable. Et puis, il faut croire qu'on s'habitue peu à peu. On doit aussi aller vider les tinettes nous-mêmes, à tour de rôle. Les tinettes sont des grandes poubelles de jardin en métal. C'est très lourd à porter même à deux, parfois à quatre. On passe alors une barre de fer de chaque côté. Comme c'est très plein, ça coule le long de nos jambes et de nos pieds et nos vêtements sont trempés et toujours plus sales. On est nombreuses, mais notre tour de tinettes revient souvent ! Quand on est indisposées, le sang coule de partout, impossible de s'en protéger. À l'infirmerie, une fois, j'ai pu avoir une garniture. Une seule, vous pensez ! *Das ist schmutzig*, nous dit le garde. Sale ! Bien sûr, que c'est sale et qu'on a honte d'être sales. Une fois, j'ai réussi à mettre des journaux que j'avais trouvés. Une gardienne me les a arrachés, avec la mitrailleuse au poing. Ils veulent qu'on ait honte de nous-mêmes. Beaucoup d'entre nous n'ont plus du tout de règles, parce qu'on est dénutries. Je suis allée une autre fois à l'infirmerie, car je faisais des otites qui étaient purulentes et très douloureuses. Mais on ne m'a rien donné : qu'est-ce que j'imaginais ? C'est eux qui décident de ce qu'ils nous font. Finalement, je comprendrai vite qu'il vaut mieux ne pas se risquer à se rendre à l'infirmerie, tant qu'on n'y est pas forcé.

Au début, nous ne savons même pas ce que nous sommes sensées faire comme travail. On ne nous dit rien. On est comme en quarantaine, comme à Sarrebruck. Chaque journée commence par l'appel vers trois ou quatre heures du matin. Ils nous réveillent en ouvrant la porte de la baraque et là, il faut descendre tout de suite et avaler le semblant de café au plus vite. Ensuite commence l'appel et le même scénario se répète : on reste debout comme des statues, longtemps, en rangs par cinq, dans nos tenues qui ne tiennent pas chaud, sans chaussettes ni chaussures à notre taille, dans la neige ou la pluie. Ils nous comptent et nous recomptent. Ils sont nombreux, presque aussi nombreux que nous. L'appel dure au minimum une heure, parfois plusieurs. Il faut tenir, je dois tenir. Lorsqu'une femme est trop faible, ils la font sortir du rang. Parfois, ils repèrent une belle fille, ils la prennent et on ne la revoit plus non plus. Celles qui partent ne reviennent pas. Le compte est plutôt un décompte. On se serre les unes contre les autres, d'abord pour avoir moins froid en laissant le moins d'air possible passer entre nous, et aussi pour soutenir les moins vaillantes qui doivent tout de même être présentes et répondre à l'appel.

Dans ce nouveau camp nous sommes mieux gardées que des moutons : des Allemands, des Allemandes, des Polonaises aux ordres des Allemands et beaucoup de chiens, tout ce monde en plus des barbelés ! Les gardes sont partout, avec leurs gros chiens hargneux, des bergers allemands tenus en laisse et qui nous reniflent comme si on était des vaches ou des chèvres en pâture. On a très peur que les chiens nous mordent quand ils approchent. On ne risque pas de bouger ! On n'a pas le droit de parler non plus, alors on regarde toutes bien droit devant nous. Je n'ai jamais reçu de coups car j'ai très peur de devoir sortir du rang, je me tiens bien droite, je veux tellement vivre. En plus, j'ai la chance d'être plutôt robuste et si je me tiens assez bien, peut-être qu'ils voudront me garder pour le travail.

À *Ravensbrück*, beaucoup de femmes de notre groupe sont là pour avoir été condamnées pour des petits délits : des vols de pain, de bicyclette, d'argent ou de timbres, des choses qui arrivent forcément en temps de guerre. On voit ça à la couleur des rubans que portent les femmes. J'ai l'impression que les Allemands savent tous ce que j'ai fait à la Kommandantur, que j'ai donné un coup à la tête d'un officier. Je n'en parle pourtant à personne, pas même avec Georgette. Je ne m'épanche pas facilement. J'ai appris à travailler, pas à parler, ni en famille ni ailleurs. De toute façon, personne ne parle ouvertement de ce qui l'a amené ici. D'une part on n'a pas le droit de se parler et d'autre part on pense surtout à manger et à dormir pour survivre. Mais peu à peu, j'entends ce qui se chuchote. Certaines des femmes qui sont avec nous sont des résistantes et racontent comment elles se sont fait prendre. Je ne savais même pas que des Français s'organisaient pour défendre la France. J'entends des histoires qui ne ressemblent pas à la mienne. Je n'étais jamais sortie de mon village avant tout ça. Je découvre des femmes qui racontent beaucoup de choses sur leur façon de vivre en famille, de se conduire avec les hommes, d'être des mères de famille et qui expliquent les autres métiers que celui de la terre. J'entends aussi des accents et des mots différents selon leur région. Je ne les approche pas, je ne me sens pas de leur monde. J'ai honte de ne rien savoir, je suis zéro.

On nous a finalement assez vite mises au travail. Un matin, nous sommes emmenées sur une île, d'où on ne risque pas de s'évader. On nous fait prendre un bateau, vers les 4 heures du matin, pour aller sur cette île. Je me retrouve dans une équipe de travail qui porte le nom de *Kommando*, où on doit porter des parpaings toute la journée d'un endroit à un autre, pour aider à la reconstruction de l'Allemagne, nous dit-on. Nous faisons ce même travail tous les jours et on voit bien que ça n'a aucun sens. C'est un travail épuisant. Les parpaings pèsent très lourd et il faut marcher une centaine de mètres avec ce poids. Cinquante-six, cinquante-sept,… Je compte mes pas, pour m'occuper la tête. Puis nous les déposons sur des wagons qui repartent ailleurs. Je fais cela toute la journée et par tous les temps. La chaleur est difficile à supporter en été et le froid est plus terrible encore : il fait jusque moins trente degrés pendant l'hiver 44. De temps en temps aussi, nous aidons à décharger des gros sacs de blé que nous transportons difficilement à deux ou trois. Nous faisons tout ce que nous pouvons pour ne pas se faire réprimander ou battre. Heureusement, j'ai toujours eu l'habitude de travailler en extérieur et porter des poids dans les champs était mon ordinaire. Je suis robuste, je le vois bien quand je regarde les autres femmes. Je survivrai peut-être grâce à cette force physique. J'ai même entendu un surveillant me dire *schön Arbeit*, « bon travail », en me voyant porter et décharger. Je fais au mieux devant eux car j'espère tous les jours être encore là demain. Un jour pourtant, je me fracture la clavicule en soulevant les parpaings, je le sens bien : c'est très douloureux à chaque pas mais je continue sans rien dire. *Halt die Schnause !*, « ferme ta gueule », nous hurlent les gardes toute la journée, mitrailleuse pointée sur nous. On travaille ainsi du matin jusqu'au soir. Tous les jours. Jusque quand ?

Mes parents chéris, existez-vous vraiment ? Je suis ici dans un monde de cruauté incroyable et je ne sais plus bien raisonner. J'ai souvenir que je vous ai laissé ma fille que j'ai mise au monde il y a longtemps. Je ne peux plus penser à vous ni à elle. Ici la vie n'est rien. Survivre est très difficile, je dois me concentrer sur chaque chose que je fais et ne jamais faire d'écart à aucun moment. Si je pense trop à votre vie, ou la mienne d'avant, je ne vais pas pouvoir supporter celle-ci. Je m'excuse par avance, je vais devoir vous oublier quelque temps. Prenez soin de vous et d'Annie. M.

Chapitre 6

En arrivant, je ne peux pas imaginer que ce camp de travail est aussi un camp de la mort. Il m'a fallu du temps pour comprendre ce qui se passe au bout du chemin et accepter cette réalité.

Un jour, au début de mon premier hiver, je ne peux pas préciser quand, on voit arriver un car entier d'enfants à l'entrée. Les enfants descendent et doivent s'aligner face à nous. Les gardes nous placent face à eux pour qu'on voie bien ce qui va arriver. Et alors, les Allemands se mettent à les mitrailler tous, avec des gestes automatiques et précis, montrant bien que c'était prévu. C'est horrible et insupportable. Il me faut fermer les yeux. Certaines des femmes présentes n'ont pu retenir un cri. Elles aussi sont aussitôt fusillées. Nous sommes toutes tétanisées. Tout cela est inimaginable. On sait qu'on est en guerre mais la guerre, ce n'est quand même pas de tuer des enfants et des femmes dans un camp ? Je sais que la Grande Guerre a été dure pour nos parents et grands-parents mais ils ne la racontaient pas. Le but est-il d'éliminer tout le monde ? Je commence à le croire. À partir de ce moment, je comprends qu'ils vont toutes nous tuer, en commençant par celles qui ne marchent pas droit ou qui ne travaillent pas suffisamment. Alors, dans ma tête ce jour-là, tout devient différent. Pour espérer vivre, il va me falloir ne plus regarder l'insupportable et ne plus penser. Je décide ce jour là de ne plus voir, de ne plus sentir. Je ne ferai plus rien qui pourrait me mettre en danger. Je veux vivre.

Nous avons une infirmerie. Le *Revier,* prononcé le « revire », est censé être l'infirmerie, pourtant personne n'y va. En apparence, l'infirmerie ressemble à un baraquement comme les autres. Des détenues doivent aller y faire le ménage : elles racontent qu'il s'y pratique des choses difficiles à supporter et qu'on n'en revient pas toujours. En fait, c'est sur convocation que l'on va à l'infirmerie. À chaque fois qu'une femme est appelée, on se demande ce qui va lui arriver, si elle va en revenir et dans quel état ? C'est quelques semaines après notre arrivée que nous sommes convoquées à notre tour pour aller à l'infirmerie. Des paillasses à étages sont sur les côtés et des étagères rassemblent des outils sur les autres murs, mais rien ne fait penser à un hôpital ou une infirmerie. On nous fait attendre debout les unes derrière les autres et ensuite chacune à tour de rôle doit monter sur la table du fond. Les *Schwestas* nous disent qu'elles font ça sur les ordres du médecin ou du commandant. Cette première fois, je m'en souviens très bien car on est accueillies par les cris de douleur des femmes déjà sur les tables. Leurs cris sont horribles et on se demande toutes ce qui nous attend. Personne ne veut plus avancer. Mais les *Schwestas* nous tirent à deux, parfois trois, nous obligent à monter sur la table et ouvrir nos jambes dans les étriers, comme sur une table d'accouchement. J'y suis et j'ai très peur d'avoir mal. Je ne comprends pas ce qu'elles veulent faire. Je me souviens très bien de la douleur lors de l'accouchement de ma fille. Elles sont deux à me tenir et m'entrent sèchement un speculum par les voies naturelles. Puis elles font passer un outil qui me pique et m'envoie une grosse décharge électrique. Je me débats car c'est très douloureux, mais elles recommencent et à plusieurs reprises. Une des deux *Schwestas* me dit que j'ai déjà un enfant : « *Has Jung* », et qu'il faut arrêter de peupler la France. Je n'ai compris que j'étais devenue stérile ce jour-là que lorsque j'ai voulu avoir un autre enfant, à l'âge de quarante ans. Une autre fois, je suis à nouveau convoquée à l'infirmerie. Je m'attends au pire : deux *Schwestas* s'approchent de moi avec une grosse pince. Elles me tiennent à deux pour réussir à m'arracher tous les ongles de pied. C'est une douleur atroce. Certaines femmes ont les ongles de main arrachés en plus sans qu'on comprenne pourquoi. Ça n'a aucun sens puisqu'ils veulent qu'on travaille, que pour ça on a besoin de nos pieds et de nos forces. Nous portons toutes des galoches aux pieds. Très souvent dans la journée et sans raison, les gardes nous obligent à les enlever pour travailler. On se retrouve alors pieds nus, qu'il pleuve, qu'il vente ou qu'il neige ! Ce sont juste des saloperies qu'ils nous font gratuitement, pour nous réduire à rien. Je sors de là les pieds en sang, je ne peux presque plus marcher. Encore aujourd'hui, mes pieds restent douloureux et tout déformés. Le *Revier* est un lieu de torture et de mort, rien à voir avec un lieu de soin. Une seule fois pendant ces deux années de déportation, je serai vraiment soignée et je ne me souviens pas très bien des circonstances : on a retrouvé ma trace à l'hôpital de *Barmbek* près de Hambourg, où je suis restée trois semaines. C'était peu avant la libération du camp. Sur les documents d'après-guerre est précisé que j'y suis soignée pour des otites. À croire qu'ils tentent de nous remettre en état ou nous rendre plus présentables, avant de nous relâcher et de rendre des comptes.

Tout le temps et partout, on voit des gardes qui cognent, cognent, cognent parfois jusqu'à la mort. Je sais bien que si je me fais remarquer, je risque beaucoup plus que les coups. Un jour je vois arriver dans la cour deux gardes qui encadrent une très jeune Ukrainienne de vingt ans environ, une belle jeune fille blonde avec des cheveux qui lui descendent jusque dans le bas du dos. Je trouve étrange qu'elle ait encore ses cheveux. Ils lui reprochent d'avoir couché avec un Allemand. On comprend qu'elle sort du *bunker*, le cachot, où elle est restée enfermée pendant quinze jours. Les gardes l'amènent devant nous pour qu'on la voie bien. Elle est si maigre et si faible ! Ils la huent en la traînant devant nous. Et pour finir, ils la mitraillent sur place ! C'est encore une horreur de plus ! Pourquoi la tuer après une telle punition déjà si terrible ? On se doute qu'en plus elle a dû être violée par cet Allemand, car personne n'irait fréquenter un Allemand de son plein gré.

Souvent, on voit des pendues entre les baraques. Elles se balancent sur de grands portiques, des potences en bois, peut-être pour des cas de désobéissance, mais sans doute pour rien. Elles restent pendues longtemps, pour qu'on les voie bien et qu'on obéisse. J'essaie de ne pas les voir. Il ne faut pas que je me fasse remarquer, sous peine d'être tuée moi aussi.

Tous les jours, nous constatons que les détenues battues, trop faibles ou incapables de suivre la cadence de marche ou de travail, disparaissent. Au début, on ne veut pas comprendre. On ne sait pas où ça se passe, ni comment ça se passe, mais il y a de grandes cheminées tout au bout du camp. Les cheminées crachent toute la journée une odeur de corne, de chair humaine, très reconnaissable. C'est pour cette raison qu'aujourd'hui je ne supporte plus les feux, même dans les jardins. Quand un voisin fait un feu, je m'enferme chez moi. On peut chercher à oublier, mais les odeurs ne vous oublient pas.

Et c'est là, dans ce lieu de mort, que j'ai vingt ans, le 8 avril 1945. J'y ai probablement pensé, mais je ne les ai pas fêtés, c'est sûr. D'abord parce que dans le camp, je ne sais jamais quel jour on est exactement, et puis mes pensées sont toutes orientées vers mon prochain repas, ma santé et ma survie. L'anniversaire de mes vingt ans se passe derrière des barbelés. Serai-je encore en vie dans un an pour ma majorité ?

Mon cadeau des vingt ans arrive pourtant peu après, mais je ne le sais pas encore : nous serons libérées quelques semaines plus tard. C'était mon deuxième et dernier anniversaire au camp. Je suis revenue vivante. J'ai réussi !

2 juin 2019

Un article du journal est étalé sur la table de Madeleine, qui me le montre.

Je vois la photo d'une femme souriante, une autre femme de quatre-vingt-dix-sept ans, bon pied bon œil, un livre à la main, qui raconte ses souvenirs de résistante portant secours aux civils et distribuant des tracts, puis son arrestation et sa captivité. Elle n'a raconté son histoire qu'à ses quatre-vingt-dix ans, puis a écrit ses mémoires. Aujourd'hui elle parle, fait de temps en temps une conférence. Elle se dit libérée.

Vous aussi Madeleine vous aurez mis du temps à parler.

« Oui, ça n'a pas été simple au retour, je ne pouvais pas parler de tout ça facilement, les gens ne voulaient pas entendre parler de ces horreurs. Ils ne voulaient peut-être pas me croire. J'ai pourtant tout raconté à mes parents et plus tard à ma fille et à ceux de ma famille qui s'intéressaient à moi. Mais certains m'ont dit de me taire, de ne pas raconter tout ça. Et puis j'en voulais à ceux qui avaient vécu tout ce temps bien tranquillement».

Vous avez souffert au retour ?

« Oui, j'ai souffert, mais tout le monde souffrait à la fin de la guerre. Il n'y avait toujours pas de travail, pas beaucoup à manger, et chaque famille était plus ou moins endeuillée. Oui le retour a été difficile, sans doute que je m'attendais à

un meilleur accueil. C'est moi qui ai dû faire l'effort de me réintégrer et de m'adapter à la vie de 1945 ».

Les gens avaient changé pendant les deux années où vous étiez partie ?

« J'avais un trou de deux années, je ne comprenais pas bien le changement de ceux qui étaient restés, leur façon d'oublier les années précédentes, de 1940 à 1943, du temps où on m'avait envoyée travailler chez les Allemands ».

Et vous, Madeleine, vous aviez changé pendant ces deux années de captivité ?

« J'ai beaucoup changé pendant ces deux années, je ne le savais pas moi-même mais je ne pouvais plus être la même. J'avais côtoyé des gens très différents dans le camp et j'avais compris que l'enseignement et l'éducation donnaient un autre regard sur le monde et sur la vie qu'on pouvait avoir. Je savais que j'avais eu beaucoup de chance de rester en vie, il me fallait maintenant assumer mon rôle de maman, trouver un vrai travail et décider de mon avenir. Et cette fois, je voulais le décider moi-même ».

14 février 1967, Paris

Je viens de recevoir la réponse du ministère de la Défense. Ma demande de pension pour ancienne déportée politique est refusée. Je ne comprends pas pourquoi. C'est incroyable : je suis *inadmise* – c'est le mot qui est tamponné à l'encre violette – à être pensionnée, car j'ai été *volontaire* pour partir en camp. L'enquête dit que j'ai été volontaire pour partir en camp. Volontaire pour être déportée !

2 mars 1951, Paris

Je travaille beaucoup, j'ai trois boulots. Je suis autonome et je peux assurer les études de ma fille. J'apprends à lire et écrire.

25 mai 1945, Hazebrouck

Nous sommes arrivés dans le nord de la France. Hazebrouck. Nous nous déversons dans l'hôpital de cette petite ville. La Croix Rouge nous prend en charge. Surtout, ils nous donnent un peu d'argent. Je vais pouvoir rentrer chez moi.

25 mai 1945, Hazebrouck

J'accède au bureau où on va me faire ma fiche de rapatriement. Il apparaît que j'ai signé un papier pour partir en camp. *Donc, je note que vous étiez volontaire pour partir.*

Chapitre 7

Depuis quelques jours, les Allemands sont moins agressifs avec nous. Ils sont même carrément moins présents. De plus en plus de voitures vont, viennent et repartent. On imagine un déménagement ou un changement de commandant car on voit des cartons et des valises. C'est comme s'ils sentaient le vent tourner. Nous espérons que tout cela annonce notre future libération. Mais les jours se suivent, interminables. Les journées de travail sont moins longues mais la nourriture se fait de plus en plus rare et nous sommes toutes épuisées. Beaucoup se laissent tomber, certaines meurent sur place. Plus personne ne fait attention à rien, comme si tout ça était devenu normal.

Et puis un jour, c'est une autre voiture que celle des Allemands qui s'approche. On dirait une voiture étrangère. On nous dit que c'est une *jeep*. Des soldats avec un uniforme étrange, s'avancent et s'expriment dans une langue qu'on ne connaît pas. Ils parlent avec le sourire et avec de grands gestes. On entend *américain*. Les Américains arrivent. Ils nous regardent, étonnés du tableau que nous formons et du grand nombre de prisonnières que nous sommes. Ils essaient de comprendre notre état de délabrement et se demandent certainement comment ils vont s'y prendre pour nous aider. Ils nous expliquent qu'ils vont repartir mais qu'ils vont revenir plus nombreux et avec des camions pour nous emmener. En attendant, ils nous donnent ce qu'ils ont : du chocolat et quelques pommes. Je fais partie des chanceuses qui ont récupéré une pomme. Je n'avais plus vu de fruit depuis deux ans. Je me souviens encore de la saveur de cette première pomme : le goût de la liberté.

Nous avons très envie de les croire mais nous avons peur de tout et surtout de nous réjouir trop vite. Alors nous les guettons, tout en se demandant si ce n'est pas plutôt le moment de s'échapper maintenant que les Allemands ont l'air de nous avoir oubliées. On réfléchit, on parle avec les autres, je discute avec Georgette, mais nous sommes si fatiguées qu'on décide d'attendre de voir ce qui se passe.

Ils sont revenus le lendemain comme promis et en nombre : des *jeeps* et des chars, des sourires et de l'aide pour nous soutenir. Certains vont directement ouvrir le portail de l'entrée du camp. Ils ouvrent et rien ne se passe : les Allemands ne réagissent pas ! Alors nous commençons à croire vraiment à la libération. Nous avançons et nous sortons. Hébétées, décharnées, affamées. Certaines reviennent ; d'autres font mine de s'en aller. Mais le défilé continue. Les soldats nous distribuent des chocolats, des bananes et des pommes et des drôles de bonbons qu'ils appellent des chewing-gums. Nous nous ruons sur ces choses que l'on n'a pas vues depuis tellement de temps. Les Américains nous disent de nous rassembler ; ils vont organiser notre transport dans leurs camions. Nous nous entassons ; celles qui le peuvent montent et aident les plus faibles à grimper. J'entends dire la date : nous sommes le 21 mai 1945.

Au bout de quelques heures de voyage, nous descendons dans un centre. C'est un grand hangar où nous retrouvons d'autres réfugiés, d'autres déportés, des prisonniers français et des travailleurs du service obligatoire. Il y a là une grande foule. Nous sommes accueillies avec gentillesse par des gens de la Croix Rouge qui nous font dire nos nom et adresse. Ils soignent les plus affaiblies et organisent des douches, ainsi qu'une première visite médicale. Ces personnes nous proposent des vêtements d'homme, parfois des uniformes de soldats américains et des godillots. De vrais vêtements qui tiennent chaud. Elles nous offrent notre premier vrai repas, un festin, dans un restaurant allemand de la ville de *Lüneburg*. Le moment est très gai. Nous avalons goulûment la nourriture malgré les recommandations. Nous commençons à croire que c'est vraiment la fin de notre calvaire.

Un nouveau voyage, celui du retour, commence dans les camions. Je suis toujours avec Georgette mais nous sommes entourées de gens de partout. Les langues se délient, les sourires reviennent, les yeux pétillent et certains prisonniers nous font la cour. On revit !

Beaucoup de femmes sont épuisées après ce voyage libérateur mais tout de même difficile. Certaines ont pu s'asseoir à côté du chauffeur, d'autres se sont assises dans le camion, mais le voyage est long et nos états de santé sont fragiles. Il y en a qui meurent sur ce trajet du retour : elles étaient devenues trop faibles. On nous prévient qu'il y aura une visite médicale et un questionnaire pour la Croix Rouge. Il faudra retracer notre parcours, donner les noms des différents camps et les voyages que nous avons faits. En échange, ils nous distribueront des tickets d'alimentation et de vêtements, ainsi qu'un peu d'argent pour pouvoir rentrer chez nous.

Nous arrivons dans une petite ville du nord de la France, Hazebrouck. Nous sommes accueillis chaleureusement par des bénévoles qui nous distribuent des repas et nous proposent une douche, en nous remettant un petit paquetage de matériel. Nous sommes surpris de retrouver de la chaleur humaine dans les paroles et dans les gestes qui nous guident. Je déplie lentement une serviette que j'ai dans la main et je trouve un morceau de savon glissé à l'intérieur. Le savon est un luxe oublié depuis tant de temps. Sous la douche, je me décrasse longuement comme pour enlever une épaisseur qui n'est plus à moi. Une voix douce me rappelle de laisser la place aux suivants. À la visite médicale, le médecin déclare mon état général moyen et me dit que j'ai de la chance : je suis encore jeune, j'ai vingt ans et une nature robuste alors que beaucoup de mes compagnes ont perdu leurs dents, sont décharnées ou ne tiennent pas debout. Nous parlons de mes otites. Comme c'est paradoxal ! Les Allemands m'ont affamée, maltraitée et torturée, mais ont pris soin de traiter mes otites avant que nous ne soyons libérées. Nous en rions presque. Je comprends que les Allemands, craignant les représailles, ont cherché à soigner leurs prisonniers du mieux possible dans les derniers jours.

Nous avons ensuite un entretien avec des personnes de l'administration de la Croix Rouge qui veulent tracer notre parcours, savoir de quel camp nous venons, depuis combien de temps nous sommes parties et comment s'est passée notre arrestation. Ils notent nos réponses sur un questionnaire. À mon tour, je raconte mon passage par *Sarrebrück* les premières semaines, puis l'internement et le travail des parpaings au *Kommando* de *Ravensbrück*. On me demande de rappeler les conditions de mon arrestation. Je raconte mon travail à la *Soldaten* des Allemands pour gagner de l'argent en 1942, les « mots déplacés » envers l'officier qui m'a agressée, le « jet de projectile » et le « crachement » à son visage. Je dois aussi raconter le procès de la Gestapo à La Rochelle et le jugement : partir en camp ou être fusillée immédiatement. On me demande si j'ai moi-même confirmé mon acceptation du jugement par ma signature. Oui, bien sûr, j'ai signé. Je précise qu'en fait j'ai fait une croix sous le texte car je ne sais pas écrire et que je ne pouvais pas non plus relire ce qui était écrit. Je n'avais pas le choix de toute façon, mais oui, j'ai choisi et accepté de partir. En tous cas, ils le résument comme ça. Je ne sais pas ce que j'ai vraiment ressenti à l'époque, mais aujourd'hui ma gorge se serre en y repensant.

La Croix Rouge nous prend en charge et nous donne des tickets de rationnement pour manger, d'autres tickets pour acheter des vêtements et des chaussures et un petit pécule pour pouvoir rentrer chez nous. Je vais pouvoir revoir ma famille et surtout ma petite Annie que je n'ai pas vue depuis deux longues années. Je sais que j'ai de la chance et Georgette aussi.

La prochaine étape est Paris. Nous arrivons Gare de l'Est ; Georgette et moi sommes un peu déboussolées car nous ne connaissons rien et ne savons comment nous diriger. Je ne suis pas d'une grande aide car je ne peux pas lire les panneaux ni les noms des rues. Pas moyen de déchiffrer ni ce qui est écrit sur nos tickets ou sur les devantures des vitrines ni le prix des objets. Je ne connais même plus la valeur de l'argent pour acheter mes premiers effets. Georgette n'est pas très à l'aise non plus car elle n'est jamais venue à Paris. Heureusement, le compagnon prisonnier rencontré à la gare rentre en même temps que nous. Il est beau garçon, attentionné, et il nous propose son aide à l'arrivée. Il nous fait aussi la cour, surtout à moi je dois dire : cela me fait très plaisir de savoir que je peux encore plaire. Il propose de nous accompagner dans nos premières démarches. Il nous invite à le revoir chez lui et même de nous héberger, car il est parisien et a un petit logement chez sa maman. Georgette et moi décidons de prendre ensemble une chambre dans un hôtel, nous continuons à vivre comme deux sœurs. Nous reprenons vie et nous sentons joyeuses et légères. Grâce à mon prétendant, je réussis à prendre le train le lendemain pour retrouver ma fille et ma famille. Je suis heureuse et déjà presque amoureuse.

Chapitre 8

Bonjour Madame

Je suis partie deux longues années. Je n'ai pas revu ma famille et ma fille depuis deux ans. Quand je rentre en France, ma fille a cinq ans. Je sais que ma famille en a pris soin, c'est certain. Je rentre avec le désir de la serrer très fort dans mes bras. Dès l'arrêt du train à la gare de Saint Jean, je prends la route à pied que je connais par cœur en imaginant notre scène des retrouvailles. J'approche de la maison avec impatience. Il n'y a personne dehors, j'ouvre doucement la porte et je trouve maman occupée à la cuisine. Elle se retourne pour voir qui entre et me regarde fixement, ébahie de me voir là, dans la maison. Car personne chez nous ne sait ce que je suis devenue tout ce temps. On s'embrasse, on se serre, on pleure, on rit de me savoir vivante et de retour à la maison ! Je remarque que Maman porte le noir comme pour un deuil. Elle pense comme tous les miens que je suis sans doute morte. Maman me dit alors que ma petite n'est pas là, qu'elle est actuellement à Saintes chez ma sœur Julia. J'avais tant rêvé de ce moment que je suis très déçue. Mais Maman comprend et me dit que nous allons aller à Saintes immédiatement : il suffit de prendre la micheline à Torxé pour aller chez Julia.

Quand nous arrivons chez ma sœur, ma petite est là à jouer sur les marches, au soleil du soir. « Regarde qui arrive », lui dit ma sœur. Ma petite fille lève alors ses beaux yeux bleus vers moi et me dit gravement : « Bonjour Madame ». Je m'arrête alors de marcher, le temps de comprendre ce qui se passe. « Non, c'est ta maman », lui répondent ma mère et ma sœur. Annie me regarde à nouveau, les yeux étonnés, et je lui dis « Oui, je suis ta maman ». Je m'avance doucement vers elle et je la prends dans mes bras, tout en pleurant. Je suis bouleversée et ma fille est surprise de tant d'effusions. Elle ne saisit pas bien ce qui se passe car mes parents commençaient à ne plus trop lui parler de moi, n'ayant aucune nouvelle. Le nom de Maman est pour elle celui de ma mère, qui est la mère de tout le monde ici. Ma fille est grande et comprend nos explications mais reste distante. Ma mère s'excuse presque et me dit qu'elle lui a toujours expliqué qu'elle avait une maman bien à elle. Je commence juste à réaliser le fossé qui nous a séparées tout ce temps, ma fille et moi, qui ne se comblera peut-être pas si facilement.

Un peu plus tard, j'explique à mes parents ce que j'ai vécu pendant ces deux années. Mes parents m'écoutent mais je sens une gêne à écouter ces horreurs vues et subies. J'ai l'impression qu'ils veulent me réintégrer au plus vite dans la vie de la maison, comme si de rien n'était. Maman me fait reprendre le travail du linge, éplucher les légumes et les cuisiner, comme avant. Je fais des efforts pour me rendre utile et m'intéresser à nouveau à leur vie, sans plus trop parler de ma déportation, mais je n'arrive pas à oublier ce qui m'est arrivé. Je comprends qu'ils ne saisissent pas tout ce que je dis, ne me croient pas ou me prennent pour une folle. Le retour n'est pas facile ni pour eux, ni pour moi, ni pour ma fille Annie. Je sens qu'elle a un meilleur contact avec sa grand-mère qu'avec moi sa maman. J'en suis meurtrie mais je comprends qu'elle ne m'a pas attendue pour vivre sa vie d'enfant. Je la trouve belle et gaie. Elle suit ma mère partout comme je le faisais étant petite. Mes frères et sœurs me disent que je fais peut-être une dépression car je suis très rude avec tout le monde. C'est vrai que je me sens en colère. Je suis agressive envers toutes les personnes qui m'entourent. Je fais tout pour me retenir mais je me sens pas accueillie ni comprise. Je crois que je leur en veux d'avoir vécu tranquillement ces deux années, tandis que je vivais les pires choses que l'on puisse imaginer. Quant aux personnes du village, elles ne posent pas de questions. Je sens que les gens ne veulent pas savoir, ou me jugent d'avoir travaillé chez les Allemands, alors que je n'ai rien choisi du tout. Sans doute ne se souviennent-elles pas non plus qu'elles me disaient chanceuse d'avoir trouvé un emploi rémunéré ! Je constate que je n'ai plus d'amis ici. Mon retour n'est pas celui auquel je m'attendais.

La famille avait vécu tout ce temps sans moi et avec la charge de ma fille. Mes parents et mes frères et sœurs me font comprendre qu'il va falloir rapidement retrouver un travail pour aider ma famille à mon tour. Si je résume, il me faut trouver un emploi qui rapporte de l'argent pour nourrir ma fille car plus personne ne gagne sa vie à la maison. Leur regard traduit encore ma faute de fille-mère. La même histoire qu'il y a cinq ans. La guerre est peut-être finie mais il n'y a quasiment plus rien à manger et la vie est difficile pour tout le monde. Je cherche alors du travail à Landes mais, bien sûr, je n'en trouve pas : il n'y a rien pour moi. Je ne me sens pas bien ici. Il me faut tout recommencer. J'ai changé mais pas les autres. Je me sens incomprise et j'ai l'impression qu'on me vole ma nouvelle liberté. Je décide alors de chercher du travail à Paris ; je reviendrai chercher Annie dès que ce sera possible.

Chapitre 9

Je fais écrire à Roger, l'ami parisien rencontré à la gare. Dans sa réponse, il m'offre de nous héberger, moi et ma fille, dans son petit logement du IIIè arrondissement de Paris.

Me voici de retour à Paris et Roger m'attend à la gare. J'ai préféré venir seule, je ferai venir Annie dès que possible. Roger est prévenant, gentil et me fait découvrir la capitale française. Il me montre la tour Eiffel et tous les beaux monuments de Paris, presque intacts après la guerre. Il me guide partout et m'emmène danser le soir. Je suis émerveillée de pouvoir profiter de ma nouvelle liberté. Après quelques jours, je sens qu'une nouvelle vie commence pour moi. Je m'intéresse à tout, je découvre tant de choses et Roger se met à mon entière disposition. La vie parisienne est bien plus animée qu'à la campagne : des gens se promènent partout et tout le temps et sont joyeux de vivre. Je vois aussi la misère, celle des gens qui font la queue ou demandent à manger et celle des bandes d'enfants qui jouent seuls dans la rue. La guerre est finie mais la vie est à reconstruire pour tout le monde. La vie à deux se révèle pour moi bien plus légère, plus gaie et plus facile ! Je serais incapable de me débrouiller seule sans pouvoir lire aucun papier ni aucun écriteau de cette grande ville inconnue. C'est pour moi un vrai soulagement au quotidien. Nous partageons le travail de Roger : nous vendons des fruits et légumes achetés aux halles le matin, que nous traînons sur une petite charrette le long de la rue Rambuteau, voilà qui nous permet de vivre. Nous tombons très vite amoureux l'un de l'autre et je me laisse aller au bonheur. Nous décidons qu'il est temps d'aller rechercher ma petite et de l'emmener vivre avec nous. Il me faut cependant l'accord de mes parents car je suis encore mineure aux yeux de la loi française. Mes parents acceptent : nous allons vivre en famille à Paris.

Plus personne ne me reproche plus rien maintenant. Je gagne ma vie et j'emmène Annie partout avec moi : nous vivons ensemble nos journées et logeons ensemble chez Roger. Je suis pleinement heureuse. J'ai retrouvé ma fille, je suis amoureuse et ma vie peut commencer.

Alors, pour régulariser notre situation, nous nous marions le dix sept août 1946 à la mairie du III ème arrondissement. Je vis libre et libérée des soucis. Tout me plaît dans cette nouvelle vie : les Parisiens sont très gais à la Libération, nous mangeons à notre faim et nous allons très souvent danser. J'ai vingt ans, je suis libre et j'adore danser ; je veux danser tout le temps et partout. Danser au son de l'accordéon me fait oublier tout ce que j'ai vécu là-bas. Un soir, je retrouve mon amie Georgette en allant dans un dancing, celle que j'appelle ma sœur de misère et de cœur était restée à Paris depuis notre retour. Je ne sais plus pourquoi elle n'était pas rentrée chez elle. Peut-être espérait-elle trouver un travail ? Ma joie est immense. Nous avons partagé tellement de choses, nous avons survécu ensemble à tant de difficultés. Nous nous revoyons très souvent le soir, après la journée de travail et nous nous amusons beaucoup. Nous ne sommes pas les seules : tout Paris danse. Les Parisiens ont envie d'oublier la guerre. Chaque jour, il y a des bals le long des rues. Il y n'y a pas moins de sept dancings dans notre rue ! Nous sommes toutes les deux tellement heureuses de vivre ! Un jour, Georgette m'annonce qu'elle a rencontré dans un bal quelqu'un qui lui plaît. Elle veut se fiancer et se marier en Bretagne, dans sa région natale. On savait toutes les deux que cette période de vie commune après guerre ne durerait pas mais la séparation est difficile. D'autant que ce n'est pas la seule difficulté du moment.

Car ma lune de miel ne dure pas bien longtemps. Je rentre un soir dans l'appartement où se trouvent mon mari et ma fille. Notre logement est rue Littré, au sixième étage d'un petit immeuble : il faut monter les escaliers doucement, sous peine d'être fatigué avant d'arriver. Et tout en montant, j'entends des cris. Je comprends assez vite qu'il s'agit des cris de ma fille et des hurlements de mon mari. Je me précipite et je tente de reprendre la situation en main. Et là, les choses chavirent ; mon mari me gifle pour la première fois. Nous nous calmons et remettons la discussion à plus tard pour ne pas apeurer davantage ma petite. Mais je n'ai plus confiance en lui. Je peux supporter la violence pour moi, je ne le peux pas pour ma fille. La situation se dégrade, il me faut vite trouver une solution.

Alors, je rentre à Landes avec Annie. Je demande à Maman si elle peut la garder à nouveau pour me permettre de travailler. Je lui dis que je l'aiderais financièrement pour supporter la charge de ma fille. Maman accepte et je repars seule et bien triste.

Ma joie de vivre à Paris n'est plus la même. Je reprends le travail mais tout est moins gai sans ma petite. Mon mari commence à boire, à sortir le soir sans que je sache où il va et il devient de plus en plus violent avec moi. Un soir, je rentre et il est en train de brûler des papiers. Je m'approche et suis effarée : ce sont mes papiers ! Ma carte de rapatriement, les papiers de la Croix Rouge et des tickets de vêtements ! Nous nous disputons. Il me bat et m'arrache mes vêtements ; il me jette dehors ! Je me retrouve presque nue dans l'escalier, sans papiers et sans vêtements. Un voisin me porte secours. Je réalise trop tard que je me suis mariée sur un coup de foudre, sans vraiment connaître la personnalité de mon futur époux, ni ses mœurs, ni sa famille qu'il prétendait ne pas avoir. J'ai cru que le mariage réglerait tous mes problèmes. Il n'a rien résolu du tout. Je me suis enlisée toute seule. Je quitte le domicile conjugal et espère bien ne plus jamais y revenir. Je me demande ce que je vais devenir une nouvelle fois.

C'est mon frère et sa femme, parisiens eux aussi, qui m'hébergent le temps de retrouver une situation. Je leur suis aujourd'hui encore très reconnaissante. Ils n'ont pas posé de questions et m'ont ouvert leur porte. Je prends conscience que ça ne peut pas continuer comme ça. Je m'étais mariée trop vite et il allait falloir divorcer tout aussi vite. Sauf que le divorce à cette époque n'est pas simple pour l'épouse qui quitte le logement conjugal. J'ai des témoins, le voisin et la concierge mais il faut de l'argent pour divorcer et je n'ai pas le sou. Roger m'apportait tout ce qui me manquait jusque là : un travail et un logement, un secours permanent pour moi qui ne peux me débrouiller seule. Je me suis laissé séduire par la facilité, mais je réalise que Roger a profité de ma crédulité et mon ignorance : il a subtilisé mes papiers, s'est servi de mes tickets et m'a mise au travail à son profit. Alors je décide de changer. Je ne veux plus jamais dépendre de quelqu'un. Je dois me prendre en charge seule, apprendre à me débrouiller seule et commencer par trouver un travail stable et respectable. Il me faut gagner de l'argent très vite, retrouver un logement et apprendre à ne plus dépendre des autres. Je ne veux plus compter que sur moi-même.

Les petits boulots ne manquent pas sur Paris. Je me lance dans tout ce qui se présente de régulier et bien payé : les ménages et les courses. Je travaille beaucoup et je ne peux donc pas encore reprendre ma fille sur Paris. Je vis dans une petite chambre de bonne et je n'ai pas les moyens de la faire garder. Je cumule plusieurs emplois et j'envoie très rapidement des mandats à Maman pour aider à payer les frais de pension d'Annie. Je garde seulement un minimum d'argent pour moi car j'ai un peu peur que la famille me reproche de ne pas aider à supporter la charge de ma petite. Je conserve d'ailleurs précieusement la trace de tous ces mandats, pour pouvoir prouver que je fais ce qu'il faut. De son côté, Annie semble heureuse de la nouvelle situation. Elle a retrouvé sa vie précédente, comme si c'était là sa maison. Je n'ai pas le courage de la déraciner à nouveau.

Je retourne chez mes parents à peu près un dimanche par mois pour voir ma fille. Je parviens à cumuler des jours de repos pour me permettre de faire le voyage et rester un peu avec elle. Je suis triste que nous soyons encore une fois séparées. Mes visites comblent nos absences mais ne remplacent pas une vie à deux. Heureusement Annie apprend bien à l'école, j'y porte toute mon attention, je ne voudrais pas qu'elle connaisse les mêmes difficultés que moi. Mais ma fille ne reviendra vivre avec moi qu'à ses quatorze ans, lorsqu'elle voudra entrer en apprentissage en boulangerie-pâtisserie, et que je lui trouverai une place à Paris.

Chapitre 10

Je décide de choisir mieux mes emplois car mes petits boulots sont irréguliers et pas suffisamment payés. Il ne m'est pas simple de chercher du travail car je ne peux pas lire les petites annonces moi-même. Je propose alors mes services dans un bureau de placement qui reçoit des offres d'emploi de femme de chambre, serveuse, femme de ménage ou de vestiaire dans des restaurants ou hôtels qui cherchent du personnel de confiance. Je ne refuse rien. Je veux m'en sortir.

Madame R. du bureau de placement me dirige vers une place de femme de chambre au « Plat d'Etain », de la rue Meslay à Paris, près de la place de la République. C'est le premier hôtel qui m'emploie. J'y suis bien, j'apprends un nouveau métier et tout le monde est content de moi. J'y resterai un an. Madame R., qui me prend sous son aile, me fait comprendre que je suis trop jeune pour rester là toute ma vie et que ce poste ne me permettrait pas de progresser. Elle me conseille de commencer à travailler comme « extra » dans un restaurant très à la mode à Paris « La Coupole », qui cherche ponctuellement du personnel pour assurer les grands repas ou les remplacements de dernière minute.

J'accepte ces extras en plus de mes petits emplois. Je continue le ménage dans des bureaux à partir de trois heures jusqu'à cinq heures du matin, puis un autre ménage de cinq à sept heures chez un Monsieur M. qui travaillait au Conseil d'Etat, aux Invalides. C'est ce Monsieur qui, ayant appris mon histoire, m'a par la suite aidée à déposer un dossier pour essayer d'obtenir le statut de déportée et ainsi toucher une compensation ou une pension. Je peux donc commencer le travail à La Coupole à partir de sept heures du matin jusqu'au soir.

Les patrons de La Coupole m'appellent en « extra » trois fois de suite pour y faire « vestiaire ». Autrement dit, je reçois les clients qui me confient leurs manteaux et leurs sacs. Je dois repérer les gens et leurs effets pour pouvoir les rendre au bon propriétaire sans me tromper. Le problème est que je ne peux pas noter leur nom ni un numéro, puisque je ne sais toujours pas écrire ni lire. Je me sens de plus en plus handicapée de ne pas pouvoir consigner les informations dans mon travail au quotidien mais je compense par la mémoire, et finalement je n'ai pas trop de difficultés. À la quatrième intervention, le patron de La Coupole me fait monter à son bureau et me propose de rester travailler définitivement chez eux. Mon salaire sera de dix-neuf francs par mois. Mais je gagnerai bien plus que ça en réalité. J'ai trois emplois et je reçois de très bons pourboires. Je fais enfin surface. J'apprends à vivre dans le monde, à parler, à me conduire en société et à me vêtir correctement ; on m'apprécie et je peux mettre de l'argent de côté pour ma fille et moi.

Je suis « vestiaire » mais je remplace en plus une collègue tous les jeudis. En effet, Corinne qui est la « dame pipi », garde ses enfants à la maison ce jour-là. Quand je prends son poste, je feuillète les livres que Corinne laisse sur sa table. Je m'intéresse particulièrement aux catalogues de vêtements car j'aime les belles toilettes. Il me reste toujours la même difficulté : je ne peux pas lire les petites lignes de description du vêtement, ni sa qualité, ni son prix. Il faut que j'attende le retour de Corinne le lendemain pour qu'elle me donne les explications.

À partir de ce moment-là, très régulièrement et entre les passages des clients, Corinne m'explique inlassablement les lettres, les chiffres, me les épelle à voix haute et je les recopie dans un cahier d'écolier à deux lignes violettes. Je fais des bâtons et des ronds, des lettres puis des syllabes et enfin des mots, comme les petits à l'école. C'est de cette façon que j'apprends à lire, lorsque les clients déjeunent et que nous pouvons souffler un petit moment. Cet épisode de ma vie est un moment magique. Comment vous dire le bonheur de lire tout ce que je veux et enfin devenir autonome ? D'un coup, je commence à pouvoir déchiffrer tout ce que je vois et tout ce que je trouve : les catalogues, les papiers, les noms des rues, les devantures des magasins et même les journaux ! Je sais lire de mieux en mieux et de plus en plus vite. Je peux maintenant me promener seule dans les rues sans plus quémander mon chemin, prendre le train pour aller voir ma petite le dimanche sans me tromper de quai, mettre des numéros sur les tickets au travail, remplir des réservations, et faire des transmissions écrites. Ma vie change complètement à partir de là. Corinne m'a sauvé la vie. Je commence à prendre confiance en moi.

C'est à La Coupole que je côtoie le grand monde du Tout-Paris : les grands couturiers comme Pierre Cardin et Coco Chanel, quelques Présidents de La République comme Charles de Gaulle et sa femme Yvonne ou Georges Pompidou, des chanteurs qui fréquentent plutôt la brasserie : Guy Béart, Johnny tout gamin, Dalida toute jeune, et Mireille Matthieu lorsqu'elle débute sa carrière.

Je suis très heureuse de cet emploi qui me permet de faire mes preuves et m'éveille à la vie des autres. Mes patrons me disent régulièrement être très satisfaits du travail que je fournis, que je suis très efficace et que mon travail est de qualité. On me fait confiance et je suis reconnue : ce sont huit années de grand bonheur.

Tout va très bien jusqu'à ce que je tombe malade. Les examens révèlent des abcès aux reins et je souffre terriblement. C'est une période épouvantable car il me faut en plus abandonner ma place à La Coupole. Les médecins m'imposent un vrai repos prolongé. Je dois cesser toute activité pendant une année complète. Je suis désespérée et je frise la dépression.

Quand je veux reprendre le travail, les médecins me disent que je ne peux pas rester à La Coupole, où il n'y a pas de climatisation. Il me faut trouver un autre travail dans des lieux moins fermés. Un ami de Maurice me propose alors d'aller travailler dans son entreprise pour préparer des plats à la demande des restaurateurs. J'accepte pour redémarrer. Il faut cuisiner des escargots, petits gris et escargots de Bourgogne et des coquilles Saint Jacques. Je prépare les sauces au beurre aillé et persil pour les escargots et béchamel aux champignons et moules pour les Saint Jacques. Je remets le tout dans les coquilles et Mr V. revend ensuite ces plats dans les restaurants selon la demande.

Mais je ne me destine pas à faire des préparations de cuisine pour les autres. Je veux un emploi qui me permette de retrouver le contact avec la clientèle, être autonome et gagner dignement ma vie. Je décide de retourner au bureau de placement chez Madame R., afin qu'elle m'aide à retrouver un travail qui me corresponde mieux. Cette personne qui me connaît bien me recommande comme femme de chambre au *Ritz* à Paris, place Vendôme.

Je suis à nouveau femme de chambre, certes, mais dans le plus bel hôtel de Paris. Le poste est d'importance car la clientèle est fortunée et particulière. Je dois organiser l'aménagement des chambres très soigneusement selon les demandes exprimées par les clients. Il faut bien souvent bouger les meubles, faire le lit de telle manière, déposer le champagne prêt à servir, commander des fleurs exigées spécialement, faire les achats de fruits préférés et répondre à tous les désirs de la clientèle. L'erreur n'est pas permise. Je rencontre au *Ritz* les plus grands de ce monde et je me plie scrupuleusement à leurs désirs particuliers. J'ai ainsi l'honneur de fréquenter le Shah d'Iran et sa femme, la Reine Elisabeth d'Angleterre et le prince Philip, le prince Rainier de Monaco et Grace Kelly, des chanteurs et des personnages politiques. On me fait de plus en plus confiance car j'assure ce service de façon très professionnelle. Je peux maintenant lire les consignes et moi aussi en laisser pour le service de nuit. Je n'ai plus de frein et je développe une certaine assurance. Je reçois souvent de belles récompenses financières sous forme d'enveloppes pour remercier de la qualité de l'accueil. Un jour la Reine Elisabeth et le Prince Philip font appeler toute l'équipe de service et nous offrent le champagne pour nous remercier, en plus des belles enveloppes distribuées à chacun d'entre nous. Comme à chaque fois, je glisse ces pourboires conséquents dans mon soutien-gorge. Je dois régulièrement aller ranger ces enveloppes au vestiaire, sous peine de débordement. Bien sûr, ces enveloppes sont là pour nous remercier mais aussi pour assurer notre confidentialité, surtout lorsque les conjoints ne sont pas toujours les mêmes. Je suis très bien payée pour me taire, aussi je ne dis rien, même encore aujourd'hui.

Ces multiples rémunérations me permettent de mettre de l'argent de côté pour acheter la maison de mes grands-parents à Landes puis la restaurer correctement au fil des ans. Mes congés se passent à Landes, où vit toujours ma famille. Plus tard, lorsque je me remarierai, je partagerai mes vacances entre l'Auvergne et Landes. Mon mari est d'origine auvergnate ; sa maman est devenue une mère très aimante pour moi et j'aurai toujours beaucoup de plaisir à la côtoyer.

CHAPITRE 11

Toutes ces années, je continue à danser dans les bals et dancings dès que l'occasion se présente. C'est un de mes grands plaisirs et une vraie détente pour moi. J'ai parfois gagné des concours de valse, de tango et de pasodoble à l'As de Cœur, rue des vertus, le dancing dans lequel j'allais les samedis soirs et les dimanches. C'est là que je côtoie puis fréquente Maurice, le patron du dancing : il m'inscrit régulièrement à des concours et me fait rencontrer les meilleurs partenaires. Le mien est un très bon danseur et moi je n'ai pas besoin de faire d'effort, j'ai toujours eu la musique dans le sang. Un jour, je participe à un concours où nous sommes plus de quarante concurrents. Quand la musique s'est tue, nous avons vu que n'étions plus que deux sur la piste. Nous avions gagné le concours. Et le champagne ! Maurice est heureux, nous devenons très bons amis.

En 1961, à l'âge de vingt et un ans, ma fille se fiance avec un soldat canadien. Je ne peux malheureusement pas assister à son mariage au Canada car je n'ai pas suffisamment de congés ni d'argent. Avant son départ, nous n'aurons pas réussi à construire un lien ni une complicité mère-fille. Ainsi nos vies resteront distantes, voire séparées. Je lui offre sa robe de mariée, piètre consolation de ne pas être à ses côtés.

Le hasard fait que je me marie la même année. Maurice, le propriétaire du dancing, devient mon deuxième mari en 1961. Je n'avais pourtant pas d'aspiration à vivre en couple jusque-là mais je suis toujours tentée de vivre une vraie relation amoureuse et de connaître des jours meilleurs. Maurice et moi nous connaissons depuis longtemps tous les deux. Il me fait la cour depuis notre rencontre et fait preuve de beaucoup de patience. Maurice est un ancien combattant et prisonnier de guerre, il connaît mon passé et on se comprend.

Il est célibataire et de mon côté j'aspire à fonder une nouvelle famille. J'ai trente-six ans et Maurice est plus âgé de onze ans : il est encore temps pour nous deux de faire un enfant, comme pour nous construire un nouvel avenir. Mais c'est à ce moment-là que le passé me rattrape. Moi qui ai eu un enfant trop vite, je n'arrive plus à être enceinte ! Je consulte un médecin qui me pose des questions pour comprendre, puis m'annonce que je suis devenue stérile du fait des traitements subis dans le camp. Notre déception à tous les deux est grande et je comprends que je ne pourrai jamais oublier tout ce que les SS m'ont infligé et que leurs tortures ont définitivement saccagé nos vies.

Nous formons cependant un couple très heureux et nous prenons plaisir à vivre et à voyager dès que nous sommes libres. Je réussis à passer mon permis de conduire en 1962 dans le quartier des Invalides et j'en suis fière. Nous profitons alors de tous nos congés pour visiter la France au volant de notre voiture, une 404 de couleur bleue, acquise par Maurice et que je conduis moi aussi dans Paris et partout.

Quelques mois après son mariage, Annie m'annonce qu'elle veut divorcer. L'histoire familiale se répète. Ma fille me demande une aide financière car le divorce est coûteux, au Canada comme en France. Sitôt le divorce prononcé, Annie m'annonce son remariage avec un autre Canadien, Gilles. Son second mari est aussitôt muté en Allemagne. Ils s'y installent tous les deux et mettent au monde deux enfants. Je ne parviens pas à aller les voir dans ce pays où j'ai vécu tant de choses. Annie le sait mais me réclame, étant débordée par ses petites filles. J'hésite mais je décide de le faire pour renforcer nos liens de mère et fille. La solidarité est une valeur qui a toujours existé dans notre famille, même si j'en ai fait les frais pendant ma jeunesse. C'est une étape très difficile à franchir et je devine que ma fille n'imagine pas ce que j'ai vécu et ce que je vis. Ce séjour me renvoie à un épisode de vie trop douloureux. Une fois sur place, je ne supporte pas d'entendre parler une langue qui me glace encore. Je retrouve les habitudes de regarder par terre quand on me parle. Je sais bien que les générations suivantes ne sont pas responsables des faits de leurs pères, mais les Allemands de mon âge ou plus âgés sont toujours des Boches pour moi, je n'arrive pas à m'en défaire. Je reviendrai cependant deux fois pour quelques semaines, pendant mes congés, le temps pour ma fille de s'organiser avec ses deux enfants.

Je maintiens mon emploi tout ce temps, la vie m'ayant appris qu'il faut être indépendante pour être libre. De son côté, Maurice continue à gérer son dancing. Malheureusement, au moment de prendre notre retraite, Maurice tombe malade et décède en 1980 alors que nous sommes sur le point de partir vivre définitivement à Landes, dans la maison restaurée de mes grands-parents.

Par grand hasard ou peut-être pas, je rencontre un jour le père de ma fille, V., lorsque je viens en séjour à Landes. À la surprise de tous, V. me prend par la taille et m'embrasse. Je comprends à ce moment-là qu'il m'a toujours aimée et qu'on s'est manqués du fait de notre jeunesse. Lui aussi s'est marié entre-temps mais n'a pas eu d'autre enfant que le nôtre. Plus tard il me téléphone pour s'excuser mais aussi pour confirmer ce que je soupçonnais : il m'a toujours aimée. Il me dit que sa vie a été marquée de notre rencontre et qu'il a été bien malheureux de ce gâchis. Ma fille sait depuis toujours qui est son père et lui sait que ma fille est la sienne. Lorsqu'il décède, je pense qu'il est temps de les réunir. Je dépose en douce une plaque au nom de notre fille pendant la cérémonie. Maurice me comprend et m'accompagne. De mon côté, je n'ai plus rien à cacher à personne.

Lorsque je reviens vivre dans mon village de Landes, mes anciennes relations sont bien étonnées que je me fasse appeler *Madeleine*. J'ai changé et je veux que le regard sur moi change. Je ne suis plus Nizou, celle qui ne sait ni lire ni écrire et cherche du travail de bonne à tout faire. J'ai vécu beaucoup d'expériences, j'ai croisé et rencontré beaucoup de gens. Je suis fière de moi et de ma vie, de ce que j'en ai fait. Aujourd'hui je lis des livres : des romans et des livres de voyage comme tout un chacun et je suis abonnée au journal *L'Angérien* que je lis entièrement toutes les semaines. Je regarde aussi beaucoup les émissions à la télévision, j'aime comprendre ce qui se passe dans le monde. Et je rencontre beaucoup de gens. J'ai ici beaucoup d'amis, je sors régulièrement, je vais écouter la musique et danser encore un peu. J'aime la vie et je ne me laisserai plus jamais influencer par personne. Ma vie m'appartient.

Je ne retourne à Paris qu'une seule fois en 2005, lorsque Vincent mon neveu me fait la surprise de m'offrir le voyage pour mes quatre-vingt ans. Nous passons devant le restaurant de La Coupole que je reconnais immédiatement. Vincent gare sa voiture et me dit que nous sommes arrivés à destination. Je suis à la fois surprise et très émue de revenir sur ces lieux. C'est ici que je me suis formée à tant de choses et libérée de ma grande ignorance. Alors que nous approchons, une serveuse nous invite à entrer dans la salle puis nous conduit directement à une table réservée en mon honneur. Je m'avance et je lève naturellement la tête vers le bureau où se tenait toujours le directeur : Monsieur J. est toujours là ! Je le reconnais tout de suite : il est à sa même place, comme il y a maintenant plus de quarante ans. Nous nous regardons un instant et il me fait un signe de la main pour m'accueillir comme une invitée de marque. La serveuse nous informe que Mr J. est dorénavant paralysé et ne pourra pas descendre mais qu'il me fait offrir le champagne. J'en ai les larmes aux yeux. Se faire offrir le champagne à La Coupole est une marque de reconnaissance des visiteurs de qualité. Je le sais pour l'avoir vu. Ce geste me touche profondément. Je ressens alors que j'ai toujours été soutenue le long de ma vie après les camps. Madame R du bureau de placement, Monsieur M du Sénat, Monsieur J. à La Coupole et Monsieur R., le directeur du Ritz, m'ont tous épaulée et m'ont fait confiance. Oui, j'ai eu de la chance dans ma vie.

Je n'ai jamais revu Georgette. Après son mariage puis le mien, nous n'avons plus correspondu. Le courrier n'était pas à ma portée de toute façon. Une seule fois, Georgette m'a envoyé un livre de témoignage sur le camp de Ravensbrück qu'avait écrit une femme ancienne déportée. Je savais lire lorsque je l'ai reçu, mais je n'ai pas eu le courage de me replonger dans ce que j'ai toujours voulu oublier. J'ai regardé le livre, je l'ai gardé et je l'ai toujours mais je ne l'ai pas lu. Je n'ai pas pu retrouver l'adresse de Georgette qui devait pourtant être au dos du paquet. Je l'ai fait rechercher plus tard, dans les années 70, mais je n'ai pas réussi. Je ne connaissais finalement presque rien de sa vie et je ne lui avais pas non plus livré la mienne. Notre entente s'était fondée sur une grande solidarité qui nous avait permis de surmonter toutes les épreuves. Lorsque nos vies ont repris, nous sommes devenues des souvenirs vivants d'un passé trop douloureux. Je me dis que ce livre existe aujourd'hui grâce à celle que je voulais revoir. Pour effectuer les recherches sur internet, j'ai dû retracer mon propre parcours, ce que je n'avais jamais entrepris jusque-là. Soixante-quinze ans plus tard, Georgette est à nouveau mon soutien : elle est celle qui m'a permis de me raconter et de me libérer de mes souvenirs. Je la remercie du fond du cœur.

Annie ma fille vit toujours au Canada. Elle est aujourd'hui très malade et nous ne nous sommes jamais vraiment retrouvées. Nos vies sont maintenant définitivement séparées. Nos douleurs de mère arrachée de sa fille et de fille coupée de sa mère sont toujours là, au fond de nos cœurs. Nous avons fait ce que nous pouvions pour combler l'absence, mais on ne peut pas tout réparer. Je suis allée une fois au Canada en 1984 pour assister au mariage de l'une de mes petites-filles. Mes deux petites-filles vivent d'ailleurs toujours au Canada ainsi que mes arrière-petits-enfants. Je ne les connaîtrai sans doute jamais. Mais je suis heureuse de leur offrir les racines de leur famille.

Madeleine me dit qu'elle a presque tout raconté. Ensemble, nous avons réussi à reconstruire le puzzle, malgré les pièces manquantes.

Madeleine ouvre religieusement le livre de sa vie. Elle relit elle-même les chapitres. Doucement, tout est vérifié, accepté. Nous nous regardons un instant. La fierté d'être arrivées à relier toute l'histoire nous récompense de cette douloureuse remontée dans le temps.

Madeleine occupe toujours la maison de ses grands-parents, celle qu'elle a pu restaurer grâce à sa volonté de travailler pour ne plus manquer. J'occupe toujours sa maison d'enfance. Hier, mon mari faisait son feu d'automne. Madeleine a ouvert sa fenêtre :
Catherine, j'ai encore quelque chose à vous dire !

J'adresse mes remerciements

À Madeleine qui m'a fait confiance pour écrire ce qu'elle a vécu et m'a accueillie si souvent à bras ouverts pour répondre à toutes mes questions,

À Monsieur le Maire et l'équipe municipale de Landes pour leur caution morale et financière,
Au Service International de Recherches de Bad Arolsen, pour leurs réponses extrêmement rapides à l'égard de Madeleine,
À l'Amicale de Ravensbrück, pour leurs recherches et explications,
À la Fondation pour la Mémoire de la Déportation, pour leurs renseignements,
Aux Archives Départementales de La Rochelle et d'Angoulême, pour leur persévérance à fouiller dans les dossiers de l'histoire de nos villages,
Au Service Historique de la Défense, qui archive toutes les demandes de statut de déporté.

J'adresse un merci plus personnel

À Bruno, mon mari allumeur de feux d'automne,
pour son soutien indéfectible,
À Charlotte ma fille et coéditrice et à Juliette ma fille relectrice,
À Fanny, Dominique, Nelle et Michèle pour leurs relectures et conseils avertis,
Et à Yves, ami et attaché de presse.